KB261957

47

국립중앙도서관 출판시도서목록(CIP)

47, 그들이 온다 / 철도해고자원직복직투쟁위원회 지음 ; 권오석, 최정희, 최정규, 도단이 그림 ;

전국철도노동조합 엮음. -- 서울 : 갈무리, 2007

　　p. ;　　cm

ISBN　978-89-86114-99-7 04810 : ₩8000

ISBN　978-89-86114-58-4(세트)

336.42557-KDC4

331.8811385-DDC21　　　　　　　　　　　　　　　CIP2007001889

철도해고자원직복직투쟁위원회 문집

47, 그들이 온다

지은이 철도해고자원직복직투쟁위원회
그린이 권오석, 최정희, 최정규, 도단이
엮은이 전국철도노동조합

펴낸이 장민성, 조정환
책임운영 신은주　편집부 오정민　마케팅 정현수
용지 화인페이퍼　인쇄제본 한영문화사
펴낸곳 도서출판 갈무리　등록일 1994. 3. 3.　등록번호 제17-0161호
초판인쇄 2007년 6월 20일　초판발행 2007년 6월 28일

주소 서울 마포구 서교동 375-13호 성지빌딩 101호
전화 02-325-1485　팩스 02-325-1407
website http://galmuri.co.kr　e-mail galmuri@galmuri.co.kr

ISBN　978-89-86114-99-7 04810 / 978-89-86114-58-4 (세트)

값 8,000원

47

그들이 온다

철도해고자원직복직투쟁위원회 지음
권오석, 최정희, 최정규, 도단이 그림
전국철도노동조합 엮음

차례

제4부 그들은 돌아온다

■ 후기 47, 우리가 간다

47, 그들이 온다

2003년 6월 28일, 철도노동자들은 정부의 '철도 구조조정'에 맞서 총파업투쟁을 벌였다. 철도노동자들은 완강히 저항했지만, 공권력을 앞세운 정부의 공격을 막아내지 못했다.

2003년 6월 28일 새벽 4시의 '투쟁명령'에 따라 함께 현장을 떠났지만 아직도 돌아오지 못하고 있는 동지들이 있다.

『47, 그들이 온다』는 그들이 누구인지, 왜 투쟁에 앞장섰으며, 왜 해고됐는지, 그리고 지금 어떻게 살고 있는지, 무슨 꿈을 꾸고 있는지를 알리기 위해 만들어졌다. '그들'의 기록이지만 2만 5천 철도노조 조합원들의 희망을 담아 '그들이 온다'라는 제목을 달아 펴낸다.

2007년 6월

전국철도노동조합 위원장 엄길용

제1부

향수

"인간아, 새마을호나 한번 태워주고 짤리지!"

김운수 | 구로열차승무지부

강원도 촌놈이 철도에 들어와서 그것도 서울 구로에서 철도생활 23호봉, 결혼 17호봉 만에 평생직장인줄 알았던 철도에서 해고 되었다. 그동안 노조활동 한다고 애들 학교 졸업식에도 참석하지 않고 돌아다녀도 이해하고 열심히 도와주고 따라주던 우리 집 마나님이 약주 한잔 후 한마디 불평이다.

"인간아, 새마을호나 한번 태워주고 짤리지!"

그러고 보니 당시 최고급 열차인 새마을호를 결혼하고, 아니 연애시절부터 한 번도 태워준 기억이 없는 것 같다. 연애한 때, 철도직원은 하루 근무하고 하루 쉬는 날(?)이고 가족까지 기차를 공짜로 탈 수 있어서 새마을호 타고 여행을 많이 다닌다고 뻥을 치곤하였다.

어쨌든 결혼하고 신혼여행도 신혼열차로 다녀왔는데 새마을호 객차가 아닌 무궁화호 객차였으니 정말 한 번도 안 태워준 것이 사실인 것 같다.

그러니 여행 좋아하고 놀기 좋아하는 울 마누라 "새마을호나 한번 태워주고 짤리지!"라는 말이 나올 법도 하고 들어도 싸다.

일 년에 반은 쉬는 날이라고 큰소리 쳤지만 오전 한나절 퇴근해서 밥 먹고 한잠 자고 나면 하루 해가 넘어가 버린다. 매일 반복되던 죽음의 철야근무, 한 해에 서너 번 휴일이 돌아오는 교번근무가 전부였으니 새마을호를 태워줄 기회가 없었다고 강변하고, 복직하면 정말로 태워주겠다고 약속을 했다. 근데 10년 전에 영등포 철도아파트에서 살 때 보니까 철도 가족 중에 새마을호열차를 못타본 사람은 자기뿐이었단다.

그래도 이제는 우리 마나님도 새마을호는 못타봤지만 고속열차인 KTX를 한 번이나 타보았다. 2년 전 겨울 어느 술자리에서 내가 이런 푸념을 하고 나서 수원지부장 민주대머리와 구로열차지부장의 배려로 우리 가족이 처음으로 부산을 다녀왔다. 부산지역 동지들의 과분한 안내로 광안리의 맛난 회도 먹어보고 해운대에서 하루 자고 둘째 날은 태종대 등을 돌아보고 자갈치시장에서는 입에서 살살 녹는 회도 무진장 먹고 꿈같은 1박 2일을 보냈다.

그리고 옛날 5공화국 짱이 그랬듯이 우리도 봉고차를 홈까지 연결하여 바로 고속열차 KTX에 승차하여 아이들과 마나님에게 폼 한번 찐하게 잡았다. 어느 누가 차로 홈까지 연결하여 바로 고속열차에 승차해 봤겠는가? 정말 결혼 19호봉 만에 남편과 아빠노릇 한번 한 것 같다.

늦게나마 이 자리를 빌어, 정말 폼 잡게 해준 수원 민주대머리, 동행해준 구로열차지부장, 부산지역 동지들에게 진짜로 감사의 말을 전하고 싶다. 또한 항상 물심양면으로 보살펴주는 구로열차 조합원 동지들께도 감사드린다.

이제 고속열차인 KTX도 한 번 타봤으니 "새마을호는 안 타도되지?"라고 하니 그래도 새마을호는 죽어도 타봐야 한단다. 약속을 지키려면 열심히 투쟁해서 언능 복직해서 폼(?)나게 새마을호 좌석 확보하고 우리 집 마나님과 아들딸과 함께 영호남 모두를 여행 한번 해 볼란다.

그런데 짜샤들이 직원도 이제는 돈 내고 타라는 것 같다. 할인제도를 없애자고 한단다. 빨랑 복직을 해야 할 것 같다. 요즘 조합원들 푸념하는 말이 집사람과 전철로 외출을 해도 우리 철도구간에서는 마누라도 표를 구입해야 한단다. 하지만 지하철구간은 집사람과 같이 동행해서 탈 수 있단다. 철도승차증으로 철도구간은 본인만 게이트가 통과되는데 지하철구간은 본인도. 집사람도 게이트를 통과할 수 있단다. 지하철직원인지 철도공사직원인지 헷갈린단다. 한국철도공사의 높은 놈이라고 거들먹거리며 노는 놈들 언제나 철이 들려는지 … .

죽이는 마누라

이승호 | 서울차량지부

우리 부부를 보는 혹자들은 나에게 "능력이 좋다. 아무개 씨가 아깝다."라고 말한다. 그런데 결혼 초에 듣던 그 소리를 여전히 지금도 듣고 있다. 당시 35세 노총각, 그것도 해고자. 가진 것도 없고, 그렇다고 빼어난 인물(?)도 아닌 나를 선택한 우리 마누라를 보고 시기 반, 안쓰러움 반으로 한마디씩 던져 내 심기를 건드리는 주변 사람들. 하지만 나 스스로도 그들 말에 이렇다 할 대거리를 못 찾는 게 사실이다.

현 사회에서 노동조합 활동은 개인의 앞길을 보장받을 수 없는, 언제 어떻게 될지 모르는 불안한 현실. 하지만 남편 하는 일에 언제 한번 토씨 달지 않고 묵묵히 지켜봐 주는, 때로는 옳지 않은 길을 생각할 때 모질게 질책하는 마누라를 보면서 참으로 무섭고, 고맙다.

아직도 처갓집에 가면 남편은 열심히 직장생활을 하는 걸로 알고 있기에 행여나 처가 식구들이 알까 조심조심 살얼음 위에 서있는 아내에게 한

번도 미안하다고 해본 적이 없는 난 참으로 뻔뻔하다. 언제 복직할 지도 모르는 세월을 마냥 나만 믿고 기다려주는 마누라. 팔순 노모와 시누이 식구까지 함께 살면서 오늘보다 내일을 이야기하는 마누라다.

우리 마누라는 술은 좋아하지 않지만 분위기는 무척 즐기는 편이다. 우리 집은 워낙 대가족인 관계로 집에서 마누라하고 오붓하게 술 한 잔 하기가 현실적으로 힘들다. 그래서 하고 싶은 이야기가 있거나, 개인적 고민이 있을 때 가끔 마누라가 문자로 "대화가 필요해, 밖에 나가 호프 한잔 하자." 라고 보내는 날이 나와 회식하는 날이다.

연애시절(마누라는 당시 조합 여성국장)에는 일과시간을 마치고 밤늦게 맥주 한잔 걸치면서 6·28 파업의 실패, 문제점 또는 우리 사회에서 양성운동과 성차별의 요소 등등을 진지하게 묻거나 피력했던 그녀. 지금은 같은 지붕 아래 사는 부부로서 가족, 부부, 자녀, 여성, 노조활동, 사회 전반적 부조리 등등 다양한 주제들을 여전히 진지하고, 세심하게 맥주잔을 맞들고 묻

거나, 자기 의견을 전달한다. 의견의 대립이 있을 때는 꼬기보다는 풀려는 마누라, 집안 문제에 있어서는 불두덩이 가슴을 살짝 다스려 풀어놓으면서 요거저것 지적하는 마누라, 난 때론 두려움 반 미안함 반으로, 4년 남짓한 해고생활에 긴장감과 활력소를 불어 넣어주는 마누라에게 고마움을 느낀다.

결혼하고 복직투쟁 한답시고 집에도 못가고 길거리에서 보낸 세월이 47개월 중 반이 넘는 것 같다. 때론 전국을 자전거로 차로 누비고, 때론 지붕에 오르고, 천막에서 자고, 때론 굶고 삭발하고, 더위, 추위에 아랑곳하지 않는 나를 보면서 마누라는 무슨 생각을 했을까 지금도 솔직히 궁금하다.

언젠가 단식투쟁을 마치고, 집에 가니 음식에는 젬병인 마누라가 죽을 내밀 때, 40을 바라보는 나에게 건강에 신경 안 쓴다며 쓴 소리를 할 때, 때론 우리 집안 곳곳에 깔려있는 성차별 고착화에 조용히 항변하는 마누라에게 나는 무한한 애정을 느낄 수밖에 없는 놈이다.

올 6월부터 해고자들의 지난한 투쟁이 또 예고되고 있다. 늘 그래왔듯이 시댁 식구들만 있는 집에 결혼 3년차인 아내를 두고 세달 남짓 또 거리를 헤매고 다녀야 할 것 같다. 얼마 전 마누라가 나에게 한 말은 "이번에는 원상회복을 포함한 복직싸움 한다며? 제대로 해." 이 말이 다. 고마운 마누라 … . 팔불출 소리를 남들에게 듣겠지만 속된 말로 우리 마누라는 '죽이는 마누라'가 아닌가 생각한다 나는.

호텔에서의 하룻밤

서재열 ㅣ 제천시설관리지부

2004년 뜨거운 여름, 자미원역 선로반에서 면맞춤작업을 하고 있었다. 검은 폐광더미처럼 검게 타들어간 나의 마음은, "철도를 떠나야 하는가?" 하는 원망과 한탄뿐이었다. 땀으로 뒤범벅이 된 작업복을 입고 얼굴에 흘러내리는 땀방울을 닦으며, 1986년 군을 제대하고 공무원등용시험에 합격하여 발령 받은 후 시작된 철도, 지난 8년의 곡괭이꾼 생활을 되돌아보며 멀리 민둥산을 바라봤다.

철도생활 첫 발을 내딛은 것은 충북선 청주보선이다. '토목'이라는 전문용어를 보고 입사한 토목을 전공한 사람들, 그러나 작업복과 안전화를 지급받고 단 하루도 버티지 못하고 작업복을 내팽개치고 뒤도 돌아보지 않고 떠나는 동기들의 모습을 본 것이 나의 현장생활의 첫 경험이었다. 여름에는 그늘 하나 없이 기온이 30도가 넘는 선로에서 작업을 해야 하고, 겨울에는 도시락을 싸가지고 와 칼바람 부는 선로주변에서 꽁꽁 얼은 밥을 뜨거운 물에 말아 먹으며 일하는 것이 보선원의 일상이었다.

철도현장에서 우리를 가슴 아프고 힘들게 하는 것은, 중노동과 추위 더위 같은 일상이 아니었다. 당시 철도에 만연되어 있는 잘못된 관행과, 노동조합 간부들의 비민주적인 행동들로 인한 배신감과 나의 초라함이 나를 더 힘들게 하였다.

관리자와 노동조합이 합작하여 인사를 전횡하고, 사안별 단가가 책정되어 청탁성 뇌물이 오가고, 오히려 이를 노골적으로 요구하는 것이었다. 잘못된 것을 말하기조차 허용되지 않는 분위기에서, 앞에 나서는 것은 승진은 고사하고 당장 멀리 쫓겨나거나 징계를 감수해야 하는 자살행위였다. 함께 일하는 선배들도 "참는 것이 이기는 것"이라며 충고를 해주었다.

1994년 6·23 파업은 나에게 생각지도 못했던 큰 시련을 가져다주었다. 평생 한번 밟아 보지도 못했던 땅, 교과서에서만 듣던 생소한 강원도 사북으로 전출을 당하게 되었다. 1989년에 만나 결혼한 아내와 당시 경제적인 어려움으로 '10년 후 제주도로 신혼여행을 다시 떠나기로 한 약속'을 지키기는커녕 우리 어머니의 표현대로 하면 '탄광오지'로 날라 간 것이다.

사북에 도착하자마자 보이는 것은 검은 탄덩어리의 사양화 되어가는 탄광촌의 흔적, 그리고 그 흔적과 함께 사북시내 차선을 점거하고 '석탄산업합리화방안'을 반대하는 탄광노동자들의 분노에 찬 목소리였다. 대전을 단 한 번도 떠나보지 못했던 아내와 아이들과 함께 자미원에 들어서자 눈에 보이는 것은 뻥 뚫린 하늘과 폐광이 되어 흉가처럼 인적하나 없는 선로반과 역사, 전기주재 그리고 등산객을 반기는 가게의 할아버지 부부와 토종닭을 풀어 키우는 두 가구의 주민이었다.

"왜 굳이 당신이 나서서 힘든 노동조합 일을 하냐."고 불평하던 아내는

이곳 사북 두위봉 중턱에 위치한 도사골 아파트에 들어와서는 싫은 내색 한
번 안했다. 난 그런 아내에게 미안해서 애써 모른 척 말을 피하며 아내에게
약속을 하였다. "대전으로 돌아가면 제주도로 신혼여행을 꼭 가자. 글구 꼭
한번 자고 싶다던 호텔에서 꼭 한번 자보자."(하지만 이 약속은 아직까지 지
키질 못했다.)

　　주변의 왜곡된 시선과 외면이 나를 힘들게 하기 시작하였다. 선로반 사
람들은 철도청 관리자들의 사전교육과 이미 출처가 불분명한 확인되지 않
은 나에 대한 이상한 소문을 듣고 나와의 대화 자체를 부담스러워하고 다른
세상에서 온 사람같이 대하였다. '빨갱이'라느니 '요주의 인물'이라느니 말
그대로 블랙리스트에 오른 기피대상이었다. 그리고 철도청의 요구에 의해
나에 대한 일일보고, 주간보고 등이 진행되고 있었고, 이는 동료들에게 나
를 두려움의 대상으로 만들어가고 있었다.
　　산간오지로 쫓겨 와 아내와 아이들의 정신적 고통도 서러운데 사람의 본
성조차 왜곡하고 매도하는 것을 눈으로 보고 느끼며 나는 늘 대전으로 돌아
갈 날만 손꼽아 기다리는 것이 낙이 되고 말았다. 이러한 어려움 속에서도

가끔 동지들이 집에 찾아와서 나에게 즐거움과 활력을 주었다. 그러나 그들이 돌아가는 뒷모습을 보면서 나에겐 철도고, 민주노조고 다 때려치우고 동지들을 따라가고 싶은 충동 또한 있어 그날은 마음을 다잡을 수 없었다.

이런 때에 분소로 감사관실 사람이 찾아왔다. "노동조합 해봐야 당신만 손해 아니냐?"느니 "해봐야 아무것도 달라질 것 없다."며 반성문을 쓰면 대전에 보내 줄 수 있다는 유혹이었다. 눈앞에 펼쳐진 A4용지를 보며 나의 눈에 아내와 아이들 그리고 정겹고 보고픈 대전의 동지들, 그리고 정들기 시작한 자미원 선로반 동료들의 얼굴이 겹쳐 보이기 시작했다. 나의 가슴은 이미 볼펜을 들고 쓰고 있었다. 그러나 나의 지난 8년의 삶에 대한 애정 때문에 결국 쓰지 못했다. 8년의 자존심이 허락하지 않았다. 그날 난 집에 돌아와 12평짜리 아파트 베란다에서 아내를 껴안고 울었다. 아이들은 뭔지도 모르고 그냥 함께 울었다.

전출지에서 천천히 새로운 동료들을 사귀게 되고, 쉬는 날은 동료들과 강가에서 물고기도 잡으며, 봄에는 두위봉에 올라 취나물도 뜯으며 새로운 생활에 적응하게 되었다. 아이들과 아내 역시 좋은 이웃을 사귀게 되었고, 도시에서는 채울 수 없는 자연공부도 하며 새로운 생활에 적응하기 시작하였다.

그리고 보선장비로 발령이 나 제천으로 이사하였다. 그리고 2001년 현장 조합원의 요구와 기대 속에 민주철도노조의 역사가 시작되었다. 그러나 아내와 아이들, 나에게 또다시 새로운 시련의 2003년 뜨거운 여름이 다가왔다.

6·28 해고통보는 2남 1녀의 가정경제를 어렵게 했고, 생계의 어려움을 걱정하던 아내는 곧 할인마트 홈플러스에 취직을 했다. 취업하던 날 환한 얼굴로 "여보, 나 취직했어. 너무 걱정하지 마. 내가 조금 도울게."란 말 한마디가 또 나의 가슴에 비수를 박았다.

난 그날 죄책감에 아무 말도 못하고 밖으로 나가 소주 한 병을 혼자 마시고 집에 돌아와 아내에게 "미안해." 한마디 하고 술에 못이기는 척 안방에 엎어져 잠이 들었다. 아침에 일어나보니 아내는 오전반이라 출근하고 없었다. 아내가 출근하고 없는 집에서 학교 준비물을 보채는 아무 것도 모르는 아이들을 보며 또 아내와 아이들에 대한 소중함과 미안함으로 가슴이 아팠다.

해고 후 2004년 제천에서 이삿짐을 싸 가족과 함께 대전으로 다시 돌아왔다.

2007년 복직의 기대와 함께 현장에서 일하고 있는 나를 상상해본다. 그리고 복직하면 무엇을 가장 먼저 할 것인가를 생각해보면 늦었지만 이제라도 '아내와의 제주도 여행, 그리고 호텔에서의 하룻밤 약속'을 지키고 싶다.

참나물산행

지영근 ㅣ 구로승무지부

오월 마지막 주 월요일. 요즈음이 한창인 참나물을 뜯고자 산행을 한다.

새벽같이 일어나 조용조용 배낭을 챙기고 밥을 물에 말아 꾸역꾸역 우겨 넣는다. 버스 편으로 도착한 신도림역 구내 매대에서 한 팩에 천 원 하는 떡 네 개를 사서 전철에 오른다. 청량리를 기점으로 가평 가는 좌석버스에 자리 잡고 잠시 무가지를 뒤적이다 눈을 붙인다. 한 시간 남짓 걸려 목적지에 도착한다. 횡단보도를 건너고 경춘선 철다리 아래를 지나 계곡 따라 이어지는 길을 걷는다. 오늘따라 발걸음이 무겁다.

매년 이맘때면 애벌레들이 나무에 주렁주렁 매달리고 길에도 꾸물꾸물 발을 내딛기 어려울 지경으로 가득했다. 그런데 올해는 소나무 재선충 방제의 영향 탓인지 별로 보이지 않는다. 펜션과 방가로가 산뜻하게 단장하고 손님 맞을 준비에 한창이다.

40여분 진행하다 본격적인 산길로 접어든다. 등산화 끈을 단단히 매고 장갑을 끼고 배낭 허리띠를 졸라맨다. 30분가량 된오름을 하다 8부능선 즈음에서 가파른 풀숲으로 파고든다. 고비와 이름 모를 풀이 가슴께까지 자랐다. 2시간여를 뒤져 더덕 몇 뿌리를 캤다. 12시를 훌쩍 넘긴 시간인데 수확이 좋지 않다. 능선으로 올라 휴식한다. 떡과 음료로 시장기를 달랜다. 배낭을 내려놓은 바로 옆에 제법 굵은 더덕 줄기가 눈에 띈다. 떡을 우물우물 씹으며 숟가락으로 파내니 엄지손가락 굵기의 더덕이다.

해발 600M 높이의 능선 너머에는 몇 군데 참나물 밭이 있다. 8부능선 사이를 눈을 부릅뜨고 이리저리 돌아다니며 참나물을 뜯는다. 가파른 비탈에서 다리를 쫙 벌린 채 허리를 구부리고 부지런히 뜯는다. 시간가는 줄 모르고 뜯다보니 4시다. 다시 능선으로 오르며 마지막 피치를 올린다. 배낭이 빵빵하다. 남은 떡으로 배를 채우고는 나물을 아래쪽으로, 갈아입을 옷을 위쪽으로 배낭을 꾸린다.

내리막길은 더덕이나 부수적인 수확을 기대하며 험한 계곡을 탄다. 나뭇가지에 매달리고 바위를 움켜쥐며 릿지산행 하듯 쳐 내려간다. 고비와 풀이 우거져 커다란 돌무더기 틈으로 발 디딜 곳이 보이지 않고 경사가 심해 그대로 미끄러지는 곳도 있다. 곰취가 조금 있지만 고생한 보람 없이 오전에 올라오던 길과 만난다. 배낭을 내려놓고 숨을 돌린다. 작은 애벌레가 닥지닥지 붙었다. 손가락으로 튕겨내고 털고 해서 모조리 퇴치한다. 몸에 붙은 것도 모자로 털어낸다.

계곡입구 부근에서 물을 찾아든다. 며칠 전 온 비로 물이 철철 넘친다. 웃통을 훌렁 벗고 차가운 물로 머리와 몸통을 씻는다. 수건을 적셔 등을 문지른다. 옷을 갈아입고 배낭을 메려는 순간 엄마와 함께 지나가던 꼬맹이가 나뭇가지 사이로 얼굴을 들이밀고는 "아저씨 뭐해요?" 하고 묻는다. "씻었어."하니 "아저씨 어디가요?" 재차 묻는다. "버스 타러 간다."니까 손가락으로 방향을 가리키며 "버스는 저기 있어요." 한다. 길로 오르니 엄마 곁으로 쪼르르 달려간다. "안녕!" 하자 "안녕히 가세요!" 하고 꾸벅 인사한다. 귀여운 녀석.

버스정류장에서 10여분 기다려 청량리행 좌석버스를 탄다. 대성리를 지나면서 스르르 눈이 감긴다.

해고된 후로 산을 많이 찾았다. 한 달에 200km가 훨씬 넘는 산길을 다녀 새로 산 등산화가 세 달도 되지 않아 작살나기도 했다. 새벽 5시 경에 집을 나와 밤 11시를 넘겨 돌아오기까지 7, 8시간, 길면 10시간 이상 산길을

누볐다. 온몸이 땀으로 흠뻑 젖고 쥐가 나고 발바닥이 부르트고 녹초가 돼도 기분은 아릿하니 좋았다. 아직 약초나 버섯 종류는 잘 모르지만 나물 캐는 재미도 붙었다. 가시덤불을 헤치고 바위를 타넘는 힘겨운 산행에도 수확의 재미가 쏠쏠하다. 직접 캔 산더덕으로 더덕주를 담갔다. 집에서는 먹지 않고 모임이 있을 때마다 퍼 나른다. "향기가 좋다. 맛있다!"고 감동하며 먹어주는 모임은 계속해서 가져가고 "별로야. 머리가 아파!"하며 초를 치면 가져가지 않는다. 봄이 되면 다른 이들은 가끔 특식으로나 먹는 산나물 비빔밥을 질리도록 먹는다. 봄이 되면 작은 꿈을 꾼다. "봄이 되면 나물산행을!"

내 인생에서 이런 호사를 누리기는 처음이자 마지막이지 싶다.

어머니의 텃밭

황효열 | 수원시설관리지부

우리 집 앞에는 아버지께서 소일거리 겸 우리가족의 1년 반찬거리로 정성껏 가꾸셨던 약 20여 평 정도의 조그만 텃밭이 있다. 지금은 아버지가 돌아가시고 어머니가 텃밭을 가꾸신다. 나도 틈틈이 어머니의 텃밭이 된 그곳을 들러서 밭을 갈거나 씨를 뿌려 주고, 토마토 줄기를 묶어주는 등의 일을 거든다.

그런데 생전의 아버지가 하시던 농사방식을 어머니도 거의 같은 방법으로 하지만 두 분의 농사법에는 약간의 차이가 있다. 예를 들자면 아버지는 열무 밭에 열무가 아닌 것이 자라면 그것이 잡초거나 유용한 것이라 해도 솎아버리신다. 더 나가서는 이랑에서 삐져나온 열무조차도 깔끔하게 솎아내신다. 그래서 아버지의 텃밭은 열과 오가 항상 가지런한 군대식 밭이 되어 있었다. 반면 어머니의 밭은 열무 사이에 우연찮게 씨 하나가 떨어져서 자라난 배추가 태연하게 자리를 잡고 자라고 있고, 파 모종밭에서는 상추 세 포기가 함께 자라고 있다.

어머니께 "파밭에 상추는 파 모종 자라는 데 방해되게 뭐 하러 놔두세요?" 하고 물으니, "그것도 먹을 수 있는 것인데 굳이 죽일 것 없이 좀 더 자라면 그때 솎아서 먹으면 된다." 하신다.

아버지의 농사방식은 어머니보다 훨씬 많은 양의 생산물을 보장해주고, 관리도 편리한 과학적인 영농방식일 것이다. 그런데 왠지 아버지의 효율적인 생산방식보다는 채소를 조금 덜 거두어도 결과적으로 사람이 먹을 수 있는 야채들이 함께 자라는 모습이 더 보기가 좋다.

요즘 나는 길어진 해고생활에 지쳐서 그런지 가능하면 사람들을 만나지 않고 있다. 가끔 철해투 사무실에 나가 사람들을 만나서 철도의 현실이나 잡다한 이야기를 하다보면 서로 생각하는 것이 달라 사람과의 관계에 힘들어 하는 모습들을 많이 보게 된다.

철해투 회원들 또한 길어지는 해고생활에 지쳐가며 서로 크게 다를 바 없음에도 불구하고, 서로 다름에 대하여 잘 받아들이지 못하고 작은 차이에도 날을 세우는 경우를 왕왕 보게 된다. 나또한 그런 모습을 보일 때가

있다.

이럴 때 가끔씩 어머니의 텃밭이 생각난다. 다르다고 하여 가차 없이 솎아내기보다는 다른 종류가 자라더라도 사람에게 모두 유익한 채소들로 다 함께 받아들여 마음껏 자라도록 지켜봐주는 마음의 여유를 가졌으면 어떨까 생각한다.

우리는 차이를, 다름을 발견하는 데는 굉장한 능력을 가지고 있는 듯하다. 그러나 나와 생각이 다른 상대를 인정하고 존중하는 일에는 반대로 너무 인색하고 힘들어 한다. 철도라는 거대한 조직에서는 다름을 발견하는 일도 중요하지만 서로 다른 생각을 인정하고 함께 목표를 이루어 낼 수 있는 방법을 모색하는 일 또한 중요하다. 어렵고 힘든 시기일수록 무리지어 편 가르기보다는 차이 속에서 같음을 찾아내는 지혜가 필요한 것 같다.

꿈에서라도 운전을 하고 싶다

정재하 | 서울기관차승무지부

2003년 6월 27일 저녁 수색화차 입환을 마지막으로 차를 탔으니 현장일을 못한지 4년이 돼 간다. 초등학생이던 큰 딸이 중학생이 되었다. 처음 1년은 6·28 투쟁 뒷마무리와 일반조합원까지 징계가 확산되어서는 안 된다는 생각에 정신없이 보낸 것 같다. 어찌나 정신이 없었던지 본인의 징계이유서도 잘 읽어보지 못하고 징계위 참석조차 하지 못하고 내가 짤렸다는 실감도 못 가진 채 시간이 훌쩍 지나가 버렸다.

노사협의회도 하고 체육대회도 히고 돼지 잡아 조합원과 막걸리를 먹으며 힘내자며 손잡고 서로에게 힘이 되는 이야기를 밤새도록 하고 여기저기 천막 지키면서 가끔 조개도 구워먹고 '철의 노동자'를 힘차게 부르며 그렇게 세월은 갔다. 하지만 지금 생각해 보면 그때가 좋았던 이유 중 하나는 아주 가끔이었지만 내가 기관차에 앉아 운전하는 꿈을 잠잘 때 꿀 수 있어서였던 것 같다. 지금은 아예 꿈에서조차 내가 운전하는 꿈을 꾸지 못한다. 나는 꿈에서라도 운전을 하고 싶다.

　　마지막으로 운전하는 꿈을 꾸었던 것은 고등법원 결심이 있기 이틀 전
이었다. 상행이었다. 병점－오산 구간이었다. 오산을 통과하고 터널을 막 빠
져나오고 있는데 있어야 할 선로가 안 보인다. 너무 놀라 비상제동을 쓰고
사령에 통보하고 여객전무에게 통보하고 마지막 기관사가 할 수 있는 것인
다리에 온힘을 모아 용을 쓰고 있는데 열차는 별 탈 없이 그냥 땅위를 달리
고 있다. 이게 무슨 일이지? 하면서도 앞을 보니 저 앞에 선로가 다시 보인
다. 우리 차가 저 선로를 무사히 올라탈 수 있을까? 꿈속이라 누구와 탔는
지 모르지만 부기관사와 눈짓으로 제발 다시 올라탈 수 있기를 바라고 있었
다. 아! 그러나 거의 올라탈 수 있는 거리에서 선로도 없어지고 땅조차 보이
지 않더니 낭떠러지 절벽에서 떨어지고 있었다. 다시 온몸이 뒤로 처지고
다리는 쭉 뻗고 온 힘을 다리에 주면서 안돼! 안돼! 하면서 나의 마지막 운
전하는 꿈은 끝났다. 꿈 깨고 나서 다리에 쥐가 나서 혼이 났다. 그리고 이

틀 뒤 고등법원 결심. 기각! 꿈은 반대라던데… 제기랄!

요즘은 악몽이라도 좋으니 운전하는 꿈 좀 꾸면 좋겠다. 운전이 하고 싶다.

하늘을 날아다니는 은하철도를 운전했다고 생각하면 되니까 말이다.

무더운 여름날 에어컨 망가져 빤스만 입고 운전을 할지라도, 추운 겨울 날 덜 깬 잠을 깨기 위해 쓰디쓴 커피를 씹으며 운전대를 잡은 날 제어대에서 찬바람이 들어와 신문지로 무릎을 똘똘 말면서 운전을 할지라도 정말이지 조합원들과 함께 할 수 있는 곳으로 가고 싶다. 10년이 넘게 내가 있던 그곳, 현장으로 돌아가고 싶다.

아, 차타고 싶다. 일하고 싶다. 노동하고 싶다. 조합원과 함께 살고 싶다. 사람답게 살고 싶다. 정재하 살고 싶다. 나 정말 죽겠다.

향수

한태경 ㅣ 서울기관차승무지부

철도에 입사해서 노동조합 일을 시작하면서부터 해고생활에 대한 두려움을 막연하게 가졌었다. 막상 해고가 되고 나서도 지난 3년간은 바쁜 일상에 묻혀 잊고 살아왔는데, 3년이 넘어서면서부터 그 두려움이 다시 고개를 들고 있다. 남들과 똑같이 하루 일을 시작하면서도 항상 뭔가 허전한 마음이 자리하는 것은 어디서 오는지 … . 일을 마치고 집에 들어가도 뭔가 겉도는 이 느낌은 … .

예전 해고 선배님들이 이런 생각을 안다면 "호강에 겨웠다."고 할까? 열심히 생활하는 해고동지들과 해고를 각오하고 앞장서 투쟁하는 동지들에게 누가 될 것 같은 마음이 자꾸 든다.

"그 건 향수병이야!"

도사 같은 선배님이 씩 웃으며 이야기 한다.

"일터에 대한, 일터 선배님, 동료, 후배에 대한 그리움이지."

아, 향수병 … . 올해부터는 지부의 복지차장을 맡아 임원회의에도 참석하고 조합원 행사도 부지런히 쫓아다녔지만 채워지지 않았던 두려움의 실체가 바로 향수병이었다.

우리는 일을 하고 있어야만 활력을 얻는다는 사실을 깨닫기 위해 4년이란 세월이 필요했던 것일까? 일터에서 선배님, 동료, 후배들을 만나고, 술을 마시고 옛 이야기들을 주절대도 뭔가 겉도는 느낌이 자꾸 들었던 것은 내가 내 일터에서 건강하게 일을 하고 싶었기 때문이었다.

마침 철해투 백남희 동지에게서 "철해투수련회에 꼭 참석해 달라."는 전화가 걸려온다.

"예, 가야지요."

그래, 다시 시작이다. 원직복직 원상회복 투쟁이다. 꼭 현장으로 돌아가자!

도대체 누가 우리를 밀은 거야?

송종건 ｜ 청량리열차승무지부

이제는 날짜도 가물가물 해지는 분당선 선로점거 날. 아마도 2002년 8월 30일 정도 되리라 기억된다. 5월 말에 초대 직선 집행부가 구성되고 정신없이 지내고 있을 즈음이다.

철도청은 노동조합과 시민단체의 격렬한 항의와 반대에도 불구하고 분당선의 차장승무생략에 따른 1인승무를 시범운행 하고 있었다. 많은 집회와 항의방문 등 노동조합에서는 분당선 1인승무를 막기 위하여 동분서주 하였지만, 철도청의 안전불감증은 고쳐지지 않고 있었다. 조합을 비롯하여 간부들 사이에서는 활로를 개척하고자 다양한 의견이 제시되었다. 철도민영화법안의 입법시기와 별도로 전국적인 파업을 전개하여 막아보자는 의견, 1인승무를 수용하고 그에 따른 반대급부를 얻자는 의견, 열심히 투쟁하다가 안 되면 전술적 후퇴를 하자는 의견 등. 당시 조직쟁의실장이었던 나로서는 참으로 난감하였다. 그러나 가장 중요한 것은 직선제를 통하여 투쟁하는 집행부를 선택한 조합원의 기대치는 전체적인 투쟁동력과 상관없이 대단히 높았다는 사실이다. 기대가 크면 실망도 크다 하였는가? 점점 커지는 의혹의 눈초리들 "투쟁의지가 있는 거야?", 하지만 전체적인 현실은 당시 조직쟁의실에게 많은 고민을 안겨주고 있었다. 1인승무의 당사자들이 보이지 않는 기형적인 집회 모습. 간선제 때의 영향을 받으며 집행부의 투쟁에 반대하거나 혹은 해태하는 지부장이 상당수 존재하던 조직적 현실. 민영화저지가 최대의 과제였던 당시에 파업시기와 입법시기의 연동문제 … .

그때, 당시 조직국장 김갑수 동지가 회심의 일격을 제안한다. 시범운행 때 출고선에서 쇠사슬을 묶고 열차의 운행을 저지하는 소위 '구속택'이었다. 김갑수 동지의 강한 의지에도 불구하고 나는 '선도투' 하나로 해결될 수 있는 문제가 아니라고 판단하고 반대하였다. 없던 일로 하고 늦은 밤에 둘이 조합사무실에서 이런저런 얘기를 하다가 갑자기 드는 생각. '설혹 1인승무를 저지하지 못하더라도, 지금 조합원들에게 최소한의 믿음을 주지 못하면 다음 큰 싸움이 어려워진다.'

이른 아침 김갑수 동지에게 건넨 말 "하자! 하는데 내가 한다." 멍한 얼굴로 김갑수 동지가 하는 말 "하지 말라며? 할 거면 내가 한다." 한참을 다투다가 결국 힘센 내가 하기로 결정하고, 누구보다도 분당선 투쟁에 열심이었던 차량지부장에게 전화를 한다. "형! 쇠사슬 준비해 주세요. 출고선에서 그림 한번 만들어 봅시다."

아침에 부지런히 집회준비를 하고 분당선 서현역으로 이동하여 시민단체들과 연대집회를 하면서, 당시 위원장과 수석부위원장에게 전화로 투쟁계획을 설명하였다. 자세한 상의도 없이 진행하는 데 대한 문제점과 민영화저지라는 큰 싸움을 앞두고 조직실의 공백을 우려하는 목소리, 아무튼 한 소리 들었다. 결국 승낙(?)을 득하고 출고선 투쟁을 준비하는데 분당차량 지부장 용욱이 형의 한마디 "종건아, 전동차를 출고선에서 빼지 않고 반복으로 사용한데."

　세웠던 계획은 물거품이 되고 이제 남은 건 선로점거뿐이 없는 현실이 되어버렸다. 아! 그런데 '한 강성' 하는 형이 다섯 명 정도의 선로점거를 이야기 한다. 전동차교통방해는 벌금형이 없는 실형으로 최악의 경우 5명이 구속되면 조직실은 텅텅 비는 상황인데, 결국 5명에서 2명으로 2명에서 1명으로 겨우 설득하고 나니, 평상시에 의리 하나로 산다는 쟁의국장 조연호 동지가 마음에 걸렸다. 혹시라도 따라 내려 올까봐 몇 번에 걸쳐 신신당부를 했다. 기자들에게 선로점거 계획을 귀띔하고 잘 방송 해달라는 부탁도 끝내고, 서현역 홈에 전동차가 도착하자 선로에 내려 구호를 외쳤다. 그런데 그때 나의 기대를 저버리고 낯익은 얼굴이 내려온다. 걱정했던 바로 그 동지다. 홈으로 올라가라고 하자 조연호 동지가 대답한다. "같이 갑시다. 나 의리 있는 놈입니다." 더 이상 무슨 말이 필요할까? 둘이서 열심히 구호를

외치는데 혼자 보다는 역시 훨씬 우렁차다. 하지만 차가 막히자 화난 손님들의 항의는 예상보다 훨씬 거칠어서 조합원들이 막는 것도 점점 힘들어 가고 한계가 있어 보였다. 경찰들이 와서 두 명 연행하면 정리되는데 왜 그렇게 오지 않는지. 오라는 경찰은 오지 않고 갑자기 할아버지의 지팡이가 머리 위에서 왔다 갔다 날아다닌다. 잘못하면 조합원들과 시민들의 싸움으로 번질 것 같은 상황에 다다르자, 결국 우리는 할아버지 지팡이의 위력(?)을 실감하며 홈으로 올라왔다.

어느덧 해고된 지 4년째이다. 실질적인 해고사유가 된 분당선 선로점거는 그렇게 정리됐다. 그날 뉴스시간에 분당선 문제에 대하여 노동조합에 우호적인 방송이 나가고, 많은 동지들로부터 수고하였다는 전화를 받았다. 조합원들이 집행부의 의지에 대한 최소한의 믿음을 갖자 만연되었던 의혹의 눈초리는 점차 사라졌다. 그런 조합원의 믿음 속에서 우리는 더 큰 싸움을 준비할 수 있었다. 우리에게 분당선 투쟁은 어떠한 투쟁이든지 조합원에게 믿음을 주었을 때 의미가 있다는 평범한 진리를 다시 한 번 일깨워 주었다. 그런데 우리는 술자리에서 항상 이렇게 이야기 한다.

"도대체 누가 우리를 밀은 거야?"

고수

홍덕표 ｜ 용산차량지부

인상이 아무리 어수룩해 보인다 해도 사람 얕잡아 볼 일이 아니다. 진짜 고수는 자기의 모습을 겉으로 잘 드러내지 않기 때문이다.

한 번은 늦은 오후에 마음도 편치 않고 하여 혼자 조용한 낚시터에 간 적이 있다. 대를 펼치고 미끼를 달고 분주히 낚시할 준비를 하고 있는데 한 사나이가 내 옆에 와 앉는다. 아무 말 없이 30여분쯤 흘렀을 때 그 사나이가 궁금하여 내가 물었다.

"낚시 오셨어요?"

"아뇨, 그냥 구경이나 하다 가려고요."

그 사나이의 처로 보이는 여자는 사나이와는 무관하다는 듯 멀찌감치 한가로이 뭔가 나물인 듯 한 것들을 뜯고 있다.

도수 높은 안경 너머 작은 붕어눈에 쌍꺼풀이 있는데 술 냄새마저 풍기는 그에게 받은 인상은 뭔가 좀 모자라 보인다는 것이었다.

애써 사나이를 외면하고 있는데 그 사나이가 내게 말을 걸어왔다.

"여기는 자주 오세요?"

"아뇨. 낚시를 배운지도 얼마 안 됐고 이곳은 처음이에요."

"그럼 제가 이 곳 낚시터에 대해 좀 알려줘도 될까요?"

귀찮았지만 내가 그러라고 하자 사나이는 그때부터 요모조모 조목조목 얘기하기 시작했다. 낚시터는 물론 낚시요령과 채비에 대해서도 그는 자세히 자상하게 설명하였다.

처음엔 그저 하수 앞에서 아는 체나 하려는 것으로 생각했던 나는 한참 그의 얘기를 듣다 보니 그 사나이가 정말로 나에게 애정 어린 훈수를 하고 있다는 것을 느꼈다.

어둠이 내릴 때 쯤 사나이는 이곳에서 써 보라며 바늘 몇 개를 주고 사라졌다.

그날 나는 팔이 아플 정도로 많은 조과를 올렸지만 그보다는 그 사나이와의 만남이 매우 행복한 하루였다.

첫인상을 보고 섣부른 판단을 했던 나는 그날 사람에 대한 근거 없는

판단이 얼마나 위험한 것인가를 깨달았다.

"고수를 몰라보다니 … ."

　1993년 철도에 들어와 노동조합활동을 하며 조합원들을 만날 때마다 나는 늘 설명하고 설득하였던 것 같다. 말이야 '조합원이 주인'이라지만 조합원에게 묻고 듣는 것에 게을렀다.

　조합원의 말에 좀 더 귀 기울이고 조합원 속에서 방법을 찾아왔다면 낚시터에서 만났던 고수와 같은 이를 만났을 지도 모른다.

　피할 수 없었던 투쟁이었다고 생각하기에 난 한 번도 6·28 파업을 후회한 적이 없다.

　그러나 나의 고수 '조합원'의 목소리를 다 듣지 못한 것이 못내 아쉬움으로 남는다.

　고수는 늘 내 곁에 있는 것을.

새벽

김용식 ｜ 서울관리역지부

4년 전에 일어났던 일을 들춘다는 것이 나를 포함한 가족들에게는 슬픈 일이다.

제일 죄스럽고 아픈 것은 동료들이다. 첫 번째는 나와 함께 파업을 다녀와서 온갖 수모를 다 당하고 6개월 이상을 죄인처럼 살아야 했던 동료들이고, 두 번째는 나를 구명코자 백방으로 뛰어다니셨던 선배님과 후배님들이고, 세 번째는 살생부를 써야 했던 부서장일 것이다.

기차와 연관된 사람들은 참으로 착한 심성을 가진 사람들이다. 착한 심성을 가진 그들에게 천박한 시장논리와 권력의 잣대를 들이대는 것이 참 슬펐다. 밤을 새워가며 자리를 지켜야 했던 그들을 물건취급 하던 그들이 미웠었다.

기차는 그냥 굴러가지 않는다고 나는 믿는다. 디지털시대가 어디까지 갈지는 모르지만 기차는 사람 손을 너무 많이 탄다. 똑똑한 사람이 많으면 좀 더 편리한 기차를 만들지는 모르지만 기차는 사람 손을 많이 거쳐야만 제때 잘 굴러간다.

아침에 출근할 때는 잘 빗은 머리에 볼만한 얼굴이 저녁시간 땐 수척해지고 아침에 보면 못 봐 줄 정도로 피곤함을 365일 달고 사는 사람들이 기차를 굴러가게 하는 사람들이다.

눈이 오면 눈 쓸러 나가고, 비가 오면 삽 들고 나가고, 퇴근 후에 나오라면 또다시 나가고, 철야근무를 해왔던 철도에 몸담았던 철도인들이 고속철도를 다니게 한 주인공이자 당사자들이다.

그래서 난 철도가 좋다. 그냥 좋은 게 아니라 너무 인간적이어서 좋다. 촌스럽긴 하지만 우환이 있으면 호주머니를 털고 밤새 슬픔도 같이 나눌 줄 알고, 기쁘면 술도 같이 나눌 줄 아는 기차바퀴를 움직이는 주인은 당연히 나와 같이 있었던 동료들이자 지금 철도에 몸을 담고 있는 그들이다.

그래서 또다시 돌아가고 싶다. 4년 전의 아픔을 잊어달라고 그들에게 부탁하고 싶다.

사람 잡던 맞교대도 없어지고 기능직 깡통으로 차별하던 제도도 없애고 … .

"기차를 굴러가게 하던 철도인들이 이것들을 해냈고 그들이 주인공이었다."라고 말하고 싶다. 배낭을 멨던 동료와 그들을 새벽에 보내고 뒤꼭지를 봐야 했던 이들, 살생부를 만들어야만 했던 이들. 그들을 다시 만나고 싶다.

인간 세상에 새치기하는 사람도 있고 묻어 사는 사람도 있는 것은 어쩔 수 없는 일이다. 하지만 약삭빠른 사람이 적은 곳, 어렵고 힘든 삶을 지탱하고 있는 그들이 있는 그곳으로 돌아가 기차바퀴 굴러가는 소릴 들으며 잠을 청하고 싶다.

그리고 내 이름 석 자가 해고자라는 딱지로 그만 불렸으면 좋겠다.

이제 해고와 장애를 딛고

문홍관 | 분당차량지부

6·28 총파업으로 해고 되고, 얼마 지나지 않아 지게차 전복사고를 당했다. 몇 번의 수술이면 될 줄 알았는데 꼬박 2년 동안 병원생활을 해야 했다. 두 차례의 큰 수술을 마치고 한 달 정도 지났을 때의 일이다. 내 옆 침대에 내과환자가 입원하게 되었다. 그런데 병원 사람 모두 그 환자의 첫인상이 무뚝뚝해 보여서 어려워하였다. 병원생활이란 게 서로 살갑게 지내야 하는데, 껄끄러운 환자가 내 옆으로 온 것이다. 그 당시 다친 지 얼마 안 되고 우리 철도가 워낙 크다보니 병문안 오는 사람들이 많았다. 그러니 병실 사람들이 너도 나도 철도에 대해 궁금한 것들을 물어보고 음료수며 빵, 과일 등을 나눠 먹으며 서로의 아픔을 나누었다. 그러면서 그 환자와도 조금씩 가까워진 것 같다.

일주일 정도 지나자 손, 발이 불편한 나에게 무언가 도움을 주려 하였고, 머리를 감는 날은 휠체어를 샤워장까지 끌어다 주고 머리도 직접 감겨 주었다. 그리고 병문안 온 사람들이 많으면 슬쩍 자리를 비켜 주기도 했다.

파업보다 힘들었던 파업 뒤

박인호 | 청량리기관차승무지부

내가 해고되었던 2003년, 내 기억 속에는 6·28 파업 당시보다 파업 복귀 이후가 더 많이 남아있다. 어렵고 힘들었던 기억이 더 오래 남기 때문일까? 어쩌면 기억하기 싫기 때문에 오히려 가슴 한 구석에서 문신처럼 날 따라다니는 지도 모르겠다.

6·28 복귀 이후, 아니 더 정확하게 말하면 지도부가 경찰에 출두하고 나서부터였던 것 같다. 연일 이어지는 직위해제, 그리고 뒤따르는 철도청의 징계 속에서 나는 정신을 차릴 수가 없었다. 조합 간부들에 대한 징계는 둘째 치고 조합의 지침에 따라 행동했던 조합원늘까지 싱계가 이어졌다. 중간 관리자를 비롯하여 철도청의 관료들은 이때를 놓치지 않고 부당노동행위를 일삼았고, 불과 몇 달 전에 체결한 4·20 단체협약을 노골적으로 위반하기 시작했다. 연일 이어지는 징계는 전국적으로 통계를 잡는 것도 불가능할 정도였다.

　　징계국면을 돌파하기에는 조직력이 많이 떨어진 상황이었다. 몇 번의 항의집회 등을 개최했지만 철도청은 아랑곳하지 않았고 노동조합과의 대화 자체를 거부했다. 하루에도 몇 번씩 걸려오는 조합원들의 원성이 섞인 전화를 받고 나면 전화벨소리가 무서울 정도였다. 철도청의 무자비한 징계를 사회단체와 국회 등에 알리는 작업을 했으나 역부족이었다. 철도청의 부당노동행위에 법적으로 대응하기도 했으나 이 역시 시간이 걸리는 일이라 당장 도움이 되지는 못했다. 상황이 이렇다보니 감옥에 있는 지도부들 옥바라지도 소홀해졌고 그것은 지금도 마음의 짐으로 남아있다.

　　그때쯤 나에 대한 징계위원회도 열렸다. 정신없이 지내느라 내 징계문제는 현실감이 없었다. 본부조합 간부들의 징계는 당시로는 걱정거리도 아니었으니까. 그러나 징계위원회가 열리기 전날 나는 잠을 이룰 수 없었다. 그날 역시 집에 들어가지 못하고 조합 회의실에서 잠을 자려고 누웠다. 애써 생각하지 않으려고 했으나 잠이 오질 않았다. 이쪽으로 누우면 해고 될

거라는 생각이 들고 저쪽으로 누우면 그래도 난 해고되지 않을 거라는 생각이 들었다. 그렇게 뒤척이다가 여러 사람들이 생각났다. 집에 계신 부모님께는 취직해서 아직까지 용돈 한번 제대로 드리지 못했는데 해고가 되면 어떻게 알려야 할지 걱정이 앞섰다. 지금의 아내인 여자 친구한테는 올해 결혼하자고 청혼할 계획이었는데 이런 날 이해해 줄까 걱정이었다. 그리고 감방에 있는 지도부들의 얼굴이 떠올랐다.

다음날 징계위원회에서 난 해고되었다. 해고라는 사실을 실감하기도 전에 난 다른 어려움에 봉착했다. 징계를 남발하던 철도청이 고속철도 개통에 따른 인력문제로 조합과 협의를 요청한 것이다. 자신들의 필요가 있을 때만 노동조합과 대화하겠다는 것이었다. 당시 나는 기획국장이었고 교섭담당자였다. 고속철도 문제 이전에 4·20 합의 이행을 먼저 요구했다. 그러나 교섭장에서 철도청의 한 관리자는 "새마을호 여승무원 정규직화는 청장이 잘 모르시고 합의한 것이니 이행하기 어렵다."는 발언을 했다. 내가 할 수 있는 것은 교섭장에서 철도청을 규탄하는 것밖에 없었다. 고속철도 개통에 따른 인력문제에 대해서 철도청은 전원 외주화를 요구했고 나는 앵무새처럼 '합의불가'만을 되풀이 했을 뿐이다. 몇 년이 지나 새마을호 여승무원 정규직화 투쟁을 할 때도 그랬고 지금의 KTX 승무원 투쟁을 보면서 나는 마음이 무척 아프다. 그때 어떻게라도 이 문제를 해결했어야 하는데 무기력했던 날 자책하게 만든다.

내가 그 당시 아픈 기억을 이야기 하는 것은 다른 이들에게 변명을 하고 싶어서가 아니다. 지금의 47명 해고자를 포함해서 당시 철도노조 간부들은 다 힘들었던 시기였다. 특히, 현장에서 조합원들과 직접 마주치고 있었던 당시 지부 간부들은 더욱 힘들었을 것이다. 6·28 파업을 포함하여 당시에 대한 평가는 필요하며 그것이 온정적인 평가여서도 안 되며 반대로 근거 없는 평가여서도 안 된다고 생각한다. 그러나 6·28 파업에 대해 어떻게 평가하든 우리 모두는 그 힘든 일을 다 같이 겪었고 지금 여기까지 왔다. 나는 그것만으로도 최소한 서로에게 애정을 가질 수 있는 존재라고 생각한다. 나는 적어도 우리가 철도노동조합을 위해 노력하고자 한다면 이로부터 출발해야 한다고 생각한다.

또한 나 개인적으로는 당시가 기억하기 싫을 정도로 힘든 시기였지만 내 인생에서 큰 교훈을 남기기도 했다. 내가 감당할 수 없는 어려움에 닥치더라도 당황하지 말고 엉킨 실타래를 푸는 마음으로 끈기를 갖고 일을 대하자는 교훈을 남겼다. 많은 나이는 아니지만 6·28 파업 뒤는 내 인생의 몇 안 되는 위기이기도 했다. 그리고 이런 일이 다시 닥치지 않기를 바라지만 동시에 나에게 용기를 주는 경험이었다.

안녕, 나의 사랑하는 하느님

─ 한별, 한결에게

박형윤 ㅣ 서울정비창 전기차량지부

한별아, 안녕! 한결아, 안녕!

아빠야. 오늘은 아빠가 한별이와 한결이에게 이야기하고 싶어 편지를 쓰네. 아빠 나이가 마흔하나. 한별이는 몇 살? 일곱 살. 한결이는 몇 살? 네 살.

한별이와 한결이가 자라서 이렇게 살면 좋겠다 하고 아빠 혼자 생각하곤 하는 게 있어. 그게 뭘까, 궁금하지? 한별이는 아빠와 무엇을 하고 싶어? 슈퍼에 들러 먹고 싶은 것 사고 싶고, 놀이터에서 놀고 싶지? 한결이는 아빠와 무엇을 하고 싶어? 마트에 가고 싶지? 장난감 구경하고 아빠가 장난감 사주넌 좋지?

한별이와 한결이는 아빠가 이러면 좋겠다는 것 있니? 없지? 아빠가 보기엔 그냥 같이 있으면서 노는 걸 좋아하는 것 같아, 맞지?

그래, 아빠도 그냥 같이 노는 게 좋아. 한별이와 한결이가 자라서도 지금의 마음으로 같이 놀 수 있으면 하는 게 아빠가 바라는 마음이야.

한별이랑 한결이가 자라서 부자가 되는 것을, 한별이랑 한결이가 자라서 높은 자리에서 일하는 것을, 한별이랑 한결이가 자라서 아빠에게 맛있는 것 사주는 것을 바라지는 않아. 지금의 한별이와 한결이가 아빠와 노는 것처럼 건강하게 같이 노는 게 좋아.

그러려면 한별이와 한결이가 마음을 그렇게 먹으면 돼. 쉽지? 한별이와 한결이가 아빠와 같은 마음을 먹으면 그렇게 돼. 알겠지?

한별이와 한결이 마음을 아빠가 어떻게 할 수 있는 것이니? 아니지? 그럼 누가 한별이와 한결이 마음을 그렇게 할 수 있니? 한별이와 한결이지? 그치?

한별이와 한결이가 자기 마음을 기쁘게 하면 기뻐지고, 한별이와 한결이가 자기 마음을 크게 만들면 커지고, 한별이와 한결이가 자기 마음을 화나게 하면 화나고, 한별이와 한결이가 자기 마음을 슬프게 하면 슬퍼지고, 한별이와 한결이가 자기 마음을 행복하게 하면 행복하고, 한별이와 한결이

가 자기 마음을 작게 만들면 작아지지.

한별이와 한결이가 자신의 마음으로 허용하면 허용이고, 한별이와 한결이가 자신의 마음으로 수용하면 수용이고, 한별이와 한결이가 자신의 마음으로 포용하면 포용이고, 한별이와 한결이가 자신의 마음으로 사랑이면 사랑이고, 한별이와 한결이가 자신의 마음으로 미움이면 미움이지.

한별이와 한결이는 마술쟁이네. 마음을 자유자재로 만드는 마술쟁이! 재밌지?

아빠는 한별이와 한결이가 마음의 마술쟁이면 좋겠어.
그럼 늘 웃으며 건강해.
안녕, 아빠가 사랑하는 하느님 한별, 한결!

추신) 허용, 수용, 포용은 받아들인다는 뜻이야.

흡혈박쥐들의 연대

백광엽 ｜ 분당차량지부

열대지방에는 동물의 피를 먹고 사는 흡혈박쥐가 있다고 한다. 동물의 피를 먹고 사는 것도 끔찍한데 광견병 바이러스까지 갖고 있어 사람들은 흡혈박쥐가 주거지 가까이 다가오면 보이는 족족 잡아 죽인다고 한다. 이놈들은 수천에서 수만 마리씩 동굴에서 기거하며 밤이 되면 떼거리로 몰려나와 살아 있는 동물의 피를 빨아먹는단다. 그런데 그 많은 박쥐가 피를 빨 수 있는 동물이 밤중에 기다리고 있는 것이 아니라서 많은 박쥐들은 굶은 상태로 동굴로 돌아와야 한다. 아무래도 박쥐 중에 약한 박쥐가 굶게 되는 경우가 많이 생기게 되고, 흡혈박쥐는 워낙 신진대사가 활발해서 자주 먹어야 하는데 이렇게 2, 3일 정도 동물의 피를 먹지 못하게 되면 바로 굶어 죽는다고 한다.

흡혈박쥐들은 이 문제에 어떻게 대처할까? 사람들의 통념과는 달리 기특하게도 동료들이 굶어 죽어가는 것을 그냥 방치하지 않는다고 한다. 피를 먹고 온 박쥐가 굶고 있는 동료 박쥐에게 천장에 거꾸로 매달린 상태로 피를 게워서 먹여 준다고 한다. 자기 직계존속한테만 먹여주는 것이 아니라 자기 집단에 속한 동료라면 혈족이든 아니든 상관없이 자기가 먹은 피를 여기 저기 옮겨 다니며 기꺼이 나눠준다고 한다. 메릴랜드대학의 제리 윌킨슨 이라는 동물학자가 박쥐들이 기거하는 동굴 속에서 바닥으로 뚝뚝 떨어지는 동물의 피를 다 뒤집어써가며 관찰했던 내용이라 한다.

박쥐라면 사람들이 가장 혐오하는 동물 중에 하나일 것이다. 거기다 광견병 바이러스까지 갖고 있는 흡혈하는 박쥐라면 그 혐오의 정도는 더 말할 나위 없을 테고. 덕분에 호러영화에서 괴기스런 배경이나 악마의 졸개로 자주 애용되기도 한다. 그런데 이 혐오스럽고 열등한 동물이, 진화의 정점에 서있다고 자부하며 경쟁과 적자생존을 당연시하는 자본주의적 인간보다 나은 면이 있는 것이다. 상호협력과 연대의 실천.

이는 흡혈박쥐한테만 있는 특이한 습성이 아니라고 한다. 자연에는 이런 일들이 비일비재하단다. 가장 미물로 취급되는 박테리아에서부터 인간 다음으로 진화했다고 분류되는 침팬지까지 동물계는 약육강식과 적자생존의 법칙이 지배하는 것이 아니라, 상호부조와 호혜와 증여가 지배적인 법칙이라고 한다. TV 동물다큐에서 선정적으로 보여주는 살육 장면은 먹이사슬 관계에서 발생하는 생존에 필요한 먹이활동일 뿐이고 그것도 꼭 필요한 이상으로 하지도 않는단다. 더구나 같은 종을 학살하거나 자기 먹이로 잡아먹는 일을 찾아보기 힘들다고 한다. 일견 잔인해 보이는 먹이활동 장면만을 되풀이해서 보여주는, 미디어자본의 관점이 베인 의도적인 편집이 동물계를 무분별한 살육이 판치는 약육강식의 세계로 보이게 만드는 것이다.

알고 보면 자연계에서 약육강식과 생존경쟁의 법칙이 득세하는 곳은 자본주의가 지배하는 인간사회뿐인 것이다. 개인이 태어나서 죽을 때까지 자본의 적자로 살아남기 위한 경쟁, 경쟁 …. 자본과 국가는 쟁탈과 축적을 위해 같은 인간종을 학살하는 전쟁까지 불사하는 경쟁, 경쟁 …. 하는 일마다, 말마다 갖다 붙이며 심하게 부르짖는 경쟁나발에 쫓겨 만인을 적으로 상대하다 제 명에 죽지도 못하는 게 인간들인 것이다. 이른바 신자유주의. (흔히들 영·미식 신자유주의를 '정글자본주의'라 하는데, 따지고 보면 이는 정글에 대한 무지막지한 모욕이 된다.)

왜 멀쩡한 자연법칙을 바꿔치기 했을까? 왜 굶고 있는 동료에게 자기가 먹은 피를 게워서 먹여주는 흡혈박쥐에게 약육강식의 논리를 뒤집어 씌웠을까? 왜 동료의 시체 위에서 울부짖으며 떠돌다 같이 죽음을 맞는 앵무새에게 생존경쟁의 논리를 뒤집어 씌웠을까? 자연에 둘도 없는 괴상한 별종, '자연과 인간을 약탈하다 못해 지구라는 숙주를 통째로 죽음으로 몰고 가는 거대한 바이러스'(영화 〈매트릭스〉), 약육강식과 생존경쟁의 법칙이 지배하는 자본주의를 자연에 합당한 것으로 꾸며내기 위해 멀쩡한 자연의 법칙을 자본의 법칙으로 바꿔치기 한 것이다.

그 성공한 사기를 발판 삼아 아예 발가벗고 날뛰는 게 요즘 말하는 신자유주의다. 그 신자유주의 사도들의 불가침의 계명이 있다. 무한경쟁! 끝이 없는 경쟁! 그 끝이 없는 경쟁의 끝은 무엇일까? 끔찍하다. 이에 비하면 황혼녘 하늘을 뒤덮는 수만 마리 흡혈박쥐떼의 비행은 얼마나 멋진 장관인가!

제 2부

부활을 꿈꾸며

열차는 고무가 아니야

한래근 ㅣ 서울열차승무지부

"열차는 고무가 아니야."

나이 지긋한 선배는 무개화차의 옆면을 두드리며 말했었다.

망우역 수송원으로 철도에 들어와서 처음 입환작업을 위해 현장으로 가는 길에 선배가 했던 첫마디였다. 나중에 그 선배는 청량리역에서 입환작업을 하다가 전동차에 치어 세상을 달리했다는 말을 들었다.

열차는 고무가 아니었고, 고무가 아닌 화차를 떼었다 붙였다 하면서 하나의 열차를 조성하기 위해 내가 처음 배워야 했던 일은 달리는 화차의 옆면에 매달렸다가 선로전환기 옆이나 기타 지점에 정확히 착지하는 일이었다. 그렇게 하시 않으면 화차의 손집이에 장갑이 들러붙는 한거울의 매서운 고통이나, 그늘 하나 없는 구내의 뙤약볕이 어지러운 한여름의 뜨거운 고통들을 감내해야 하는 시간들이 길어지기 때문이었다.

뿐만 아니라 화물사령의 재촉 전화에 연거푸 들려오는 운전계장의 무전, 내근 수송원의 짜증, 본선 통제 시간은 한정되어 있고 그 안에 모든 일들을 마쳐야 하는 촉박함.

이러한 모든 일들은 열차가 무거운 쇳덩이로 이루어졌다는 사실을 잊을 만큼, 우리의 몸이 열차에 살짝 스치기만 해도 피가 터지고 뭉개지는 부드러운 살로 이루어져 있다는 사실을 잊을 만큼 무감각해지고 일에 매몰되게 만들었다.

그 속에서 난 두 번의 죽을 고비와 한 번의 동료를 죽일 뻔한 고비를 넘기고서야 차장시험을 거쳐 열차승무원이 되었다. 더 오래 수송원으로 있었다면 아마도 더 많은 그러한 경험을 갖게 되었을 것이다.

내가 죽일 뻔한 사람도 나를 죽일 뻔한 사람도 열차승무원이 되어 있었다.

이제는 조금 더 안전하고, 조금 덜 힘들다고 느낄 때 여전히 열차는 고무가 아니었지만 악몽 같던 지난 일들은 그저 추억일 뿐이었다.

그러나, 7천여 명의 인원감축에 대한 여파로 열차승무원이 태부족해 지면서 부산에서 서울로 다시 광주에서 서울로 목포로 여수로 집으로 돌아갈

시간도 없이 사무소에서 불과 두 시간 세 시간의 짧은 휴식을 뒤로 하고 전국으로 떠돌아 다녀야 했다.

"잠시 후 열차는 … 처언 아안 … ."

5일째 집에 가지 못하는 날 목포에서 돌아오는 열차에서 입술은 마르고 굳어진 혓바닥은 빳빳한 채 방송용 마이크를 들고 깜박깜박 정신을 놓으며 안내방송을 해야만 했다.

그런 날들 속에서 심장이 약했던 한 승무원은 차내에서 쓰러져 세상을 뜨고, 한 승무원은 숙박지에서 잠든 사이 영원히 깨어나지 못했다.

억울함과 분노, 슬픔과 불안함이 가득했지만 어느 곳에도 하소연하거나 대책을 마련할 길은 없어 보였다. 노동조합은 허수아비였다.

몇 명의 해고자를 만들면서 조합이 바뀌고, 상복을 입고 상여를 메고 서울역 대합실을 돌아다니다가 공안원들에게 쫓겨나던 때부터 다시 몇 십 명의 해고자를 만들면서 철야 맞교대가 3조 2교대로 바뀌고 열차승무원들이 부족하나마 휴일을 가질 수 있도록 하기까지 수많은 사람들의 헌신이 있었다.

그런데 지금 그토록 힘겹게 얻은 휴일에 근무하도록 강요받고, 조합원 스스로 돈이라는 미끼에 걸려 다시금 죽음의 행진을 시작하려 한다. 일한 사람은 일한만큼 쉬어야 한다. 일한만큼 쉬어야만 다시 일을 할 수 있기 때문이다.

돈과 건강이 맞바꿔지고, 돈과 안전이 맞바꿔지려고 하는 지금 나는 다시 이미 저 세상 사람이 된 선배의 말을 떠올린다.

"열차는 고무가 아니야."

비밀스런 햇볕, 따스한 햇볕

— 〈밀양〉 관람기

유병국 ┃ 부산기관차승무지부

5월 24일 저녁 9시, 집에서 천천히 걸어도 20분이면 닿는 극장을 아내와 아들 셋이 찾았다. 영화 제목이자 공간인 '밀양'은 KTX로 35분쯤 걸리는 부산 인근의 도시 이름이다. 예술이란 게 묘한 것이어서 영화는 이 평범한 도시를 '비밀스런 햇볕'으로 만들어버렸다.

바람난 남편을 교통사고로 잃어버리고 무슨 이유에선지 남편의 고향인 밀양으로 내려와 한 때의 꿈이었던 피아노를 생계의 수단으로 삼아 살아가는 젊은 과부 신애. 가진 것도 없는 여자가 허풍떨다 아들을 그의 웅변선생에게 유괴당하고 강가에서 그 주검을 확인하고, 마지막 남은 희망마저 모두 빼앗긴 채 아들의 장례식장에서도 눈물마저 말라버린 신애.

신은 그녀에게 구원이 될 수 있을까? 어느 기도회에서 쌓아 온 눈물을 끝없이 쏟아내며 오열하는 신애, 그리고 신 앞에서 다시 태어나는 그녀. 아들을 죽인 범인을 용서하겠다고 찾아간 교도소에서 "이미 하느님 앞에서 회개하고 용서를 받아 편안하다."는 말 앞에 용서할 대상을 잃어버리고 범인을 자신 먼저 용서한 신과 그 신을 믿는 사람들의 위선을 폭로하는 미친 신애. 신에게서도 버림받은(?) 그녀가 할 수 있는 일은 자신의 손목을 그어 삶을 포기하는 길밖에.

병원을 나와 머리를 자르러 간 미장원에서 새로운 희망을 찾아 자기 방식대로 살아가는 범인의 딸에게 머리를 맡기다 뛰쳐나온 신애, 반쯤 정신 나간 전도연이 집에 돌아와 안마당에서 스스로 머리를 자를 때, 영화 시작부터 신애를 쫓아다니는 순수한 속물(?) 종찬(송강호)이 햇볕 가득 머금은 거울을 받쳐 들고 신애 앞에 선다. 마지막 장면, 담벼락 밑 마당에 자질구레 널리고 뒹구는 농약통이며 물건들 그리고 축축하고 질펀하게 젖은 흙마당을 따스한 햇볕이 비춰준다.

영화가 끝나자 젊은 관객들은 "에이, 집에서 잠이나 잘 걸." 투덜댄다. 아들은 너무 심각하고 답답했다고 한다. 아내는 "그래, 이 영화는 18세 이상이 맞아." 맞장구친다. 나는 오히려 전도연이 꺼이꺼이 하염없이 우는 장면에서 내 가슴 속에서 응어리진 무언가가 풀리는 느낌이 들었다고 고백했다.

사람들은 모두 관계를 맺고 살아간다. 사람들이 맺는 관계는 그 사회의 제도나 구조에서 비롯되며 그것들을 반영한다. 나는 〈밀양〉의 마지막 장면이 희망을 보여주고 있다고 믿는다. 그래서 이 영화는 해피엔딩을 상상하게 한다. 종교에서는 구원이라고 말한다. 그 희망이 삶 자체인지 아니면 그 무엇인지는 사람마다 다를 것이다.

철도노동자들에게 희망은 무엇일까? 바람난 정부에게 멸시 당하고 6·28처럼 유괴 살해당하고, 그 속에서도 우리는 꿋꿋이 살고 있다. 종찬처럼 서로에게 거울을 들어주고 관계를 덥히자. 그것이 희망이다. 요즘 마음이 어렵고 힘들다. '동지'는 관계의 가장 높은 표현이다. 철도노동자 동지 여러분!

철도생활 20년을 삼켜버린 열흘

전상운 | 대전정비창 여객차량지부

1984년 인천공작창 임시직으로 철도와 인연을 맺었다. 당시 인천공작창에서 6개월 일하다 공작창이 대전으로 이전하면서 대전정비창으로 내려온 것이 이제 20여년이 훌쩍 넘어버렸다.

당시 대전정비창은 현대식 건물과 새로운 설비들이 도입되었다. 하지만 일보다 힘이 든 것은 역시 불합리한 제도와 관행들이었다. 당시 대전정비창엔 공원직(지금의 기능직)들과 임시직이 있었다. 임시직도 일용직과 정비원을 보조하는 보조정비원으로 나누어져 있었다. 일용인부는 1년에 한 번씩 재계약해야 했다. 퇴직금은 물론 상여금도 없었다. 보조정비원은 정년 55세까지 보장이 되고 등급이 1등급부터 5등급까지 있었으며 상여금도 약간 있었다. 그러나 급여는 정규직의 3분의 1정도의 열악한 상태로 평생을 일하다 떠나는 선배들을 지켜보는 것이 서글펐다. 그러나 1988년 노태우의 대선공약으로 임시직이 환직이 되면서 보조정비원까지 합쳐 기능직공무원이 되었다. 나는 자동으로 노조 가입이 이루어져 조합활동을 하는 계기가 되었고 후에 열흘짜리 위원장까지 하게 된다.

있으나마나 한 노동조합이었지만 노조에 가입이 되면서 당연히 노동조합 일에 관심을 가지게 되었다. 그러나 내가 본 노동조합은 정말 막강한 권력이었다. 노동조합은 승진, 인사, 근무평정 등에 엄청난 영향력을 행사하고 있었다. 그래서 노동조합 간부와 연결되지 않으면 직장생활에 손해를 보기 일쑤였다. 당연히 조합원들은 노동조합 일을 하는 것보다 노동조합 간부와 알고 지내는 것이 이익이니 조합은 제대로 돌아갈 리가 없었다. 어떤 사람은 입사한지 2년 만에 등급이 올라가고, 한 등급 올라가는데 8년 이상 걸리는 사람이 있을 정도였다. 이러한 노동조합은 나에게 자연스럽게 조합 일을 할 수 있도록 하는 풍토를 만들어 주었다.

1990년 공채생들이 들어오면서 현장이 변화하기 시작하였다. 젊은 세대들이 주먹구구식 노동조합을 바꾸려 하였다. 그들은 잘못된 것에 대하여 관리자들과 정면으로 부딪쳐 하나하나 시정해 나가면서 조합원들의 신뢰를 얻게 된다. 대전정비창에 풍물패, 노래패, 율동패들이 만들어지면서 조합원들은 흥겨워했지만, '빨갱이'라고 음해나 하는 것이 당시 노동조합의 수준이었다.

내가 노동조합 일을 하면서 처음으로 맡았던 직책은 객차지부 부지부장이었다. 노동운동이 뭔지도 잘 몰랐다. 단지 민주노조가 어용노조보다 더 나은 것이라는 믿음뿐이었다. 부지부장을 2년 하다 당시 김상문 객화차지부장이 대전정비창 위원장으로 당선되어 지부장에 출마하였다. 지부장으로 활동하면서 2·25 파업으로 집행유예 3년을 받았다. 경범죄 한 번 지은 적이 없고 경찰서 한번 가보지 않는 내가 난생처음으로 겪는 일이었다. 나는 2·25 이후 대전정비창본부 부위원장으로 일을 하다 김상문 위원장이 집행유예를 받으면서 파면이 되어, 대전정비창본부 위원장으로 출마했다.

2003년 6월 18일 나는 위원장에 당선되었다. 당선되자마자 서울에 올라가 의장단 회의에 참석하였다. 회의는 6월 28일 파업을 결정하는 자리였다. 내가 할 수 있는 일이라고는 대전으로 내려와 집행부를 인선하고 대전정비창 조합원들을 조직하고 파업에 참여할 수 있도록 하는 것만이 전부였다. 참으로 열흘은 짧고 야속하였다. 할 수 있는 일은 너무 많았지만 할 수가 없었다. 파업은 선언되었고 내 인생의 열흘은 20여년의 철도생활 중 가장 긴박하고 치열하게 지나갔다.

　마침내 열흘의 천하가 끝났다. 그 열흘의 치열한 시간이 철도생활 20여 년을 삼켜버린 것이다. 그리고 나의 해고생활이 시작되었다. 하지만 나는 치열했던 열흘로 돌아가고 싶다. 열흘 동안 따라준 조합원들의 곁으로 반드시 돌아갈 것이다. 가서 조합원 동지들의 손을 하나하나 잡을 때 눈물을 보이지 않기 위하여 노력중이다.

가족과 극복해 온 해고생활

전평호 | 철도매점지부

"매점근무자를 선동하여 회사의 명예를 훼손한 행위 등으로 2001년 3월 3일자 귀하를 해고합니다."

심한 좌절을 느꼈지만 한편으로는 오기가 발동되기도 했다.

그런대로 지냈던 가족의 평탄했던 생활은 혹독한 고통을 치루는 지루한 시간으로 무참히 바뀌어져 버렸다. 큰딸이 중학교 2학년, 막내가 초등학교 6학년 때의 일이었다.

순순히 받아들이기에는 너무나 억울했고 나의 자존심이 허락지 않았다. 힘들었지만 어떻게든 극복하여야만 하였다.

몇 날을 고심한 끝에 가족회의를 열었다. 가족의 이해와 도움이 절실히 필요했기 때문이었다. 가족에게 해고당한 사실을 솔직히 털어놓고 긍정적으로만 생각하자고 했다. 경제적으로는 어려워도 시간은 많았다. 아내에게는 아이들한테 각별히 신경을 쓰자고 하였고, 아이들한테는 과외는 못시켜도 필요한 책은 얼마든지 사줄 테니 공부에 전념해 달라고 했다. 그래야 아빠가 걱정 없이 복직투쟁을 할 수 있다고 했다. 나는 아이들과 약속을 했다. "너희들은 공부에 전념하여 좋은 대학에 진학하고 나는 반드시 복직하겠다." 는….

나는 홍익회와 싸우며 현장을 누비는 시간 외에는 아이들과 대화의 시간을 많이 가졌으며 집안일을 거들었고 아내는 아이들 뒷바라지에 몇 배 더 신경을 썼다.

나와 아내는 철저히 근검절약 하였다. 나는 매일 30분 거리의 능곡 기차역을 걸어서 다녔으며, 난방비와 전기비도 줄이고, 화분에 줄 물도 아껴야 했기에 빗물도 많이 받아써야만 했다. 옷도 몇 년째 같은 옷을 입어야 했으며, 담 안에 빈 공간은 빈틈없이 모든 채소들로 가득 채워야만 하였다. 이렇

게 지내는 몇 년 사이 아이들은 나의 노동조합활동에 대해 많은 관심과 이해를 갖게 되었으며, 내가 전혀 걱정하지 않아도 될 정도로 이미 장학생으로 뽑혀 학비 부담을 덜어주는 등 그야말로 생활에 큰 보탬을 주는 일꾼으로 성장해 있었다.

2004년 10월 9일 홍익회 본사 점거사건으로 큰딸의 대학입시를 한 달가량 앞두고 구속되었다.

감방 생활은 매점조합과 큰딸의 대입시험 걱정으로 너무나 고통스러웠다.

구속된 지 20일 만에 면회 온 아내의 얼굴은 핏기가 없이 창백해 보였다. 아내는 나에게 "필요한 게 없냐."고 물어본 뒤 "미정이가 이화여대 분자생명공학과 수시모집에 합격하였다."고 말한 뒤 울먹였다. 그리고 한마디 덧붙인다. "아직 아이들은 내가 구속된 것을 모르고 있다."고 "뭐, 합격했다고!" 나는 면회소가 떠나가도록 웃으며 좋아했지만 정작 아내와 헤어지고 돌아서는 내 두 눈에는 이미 눈물이 흐르고 있었다.

아내가 고맙고 딸애가 그렇게 자랑스러울 수가 없었다.

2007년 마음 조이던 막내가 힘들게 서울대에 합격을 했고, 아이의 모교 동문회에서 경사가 났다며 학비 전액을 지원해 주고 나섰다.

몇 년 동안 해고생활의 고통이 봄눈 녹듯 녹아내렸다.

좌절과 고통의 해고생활을 지혜롭게 극복하며 오히려 희망으로 승화시킨 아내와 두 아이들, 아내와 아이들은 나와 한 약속을 모두 지켰지만 나는 아직도 원직복직을 위해 투쟁을 계속하고 있다.

하늘의 명을 알아 그에 순응하거나, 하늘이 만물에 부여한 최선의 원리

를 아는 지천명의 나이임에도 불구하고, 나는 내 해고문제 하나 스스로 해
결하지 못한 채, 오늘도 팔뚝질을 허공에 열심히 해대고 있다.

나의 서울역 지키기

이명규 | 서울관리역지부

해고된 지 벌써 4년! 그러나 나의 생활엔 변화가 없다.

평소와 다름없이 6시 30분에 기상해서 8시 30분까지 서울역에 출근한다. 출근해서 가장 먼저 하는 일은 지부 사무실 정리정돈. 요즘은 지부사무실 내에서 담배 피는 것을 금했다. 모두의 건강을 위한 조치다. 그리고 조합원이 이용하는 식당으로 향해 점심준비에 차질이 없는지 살펴본다.

해고된 이후 나는 현장 대신에 지부로 출근한다.

수송사무실에서 지부사무실로, 입환연결 업무에서 지부사무실 관리와 식당 관리하는 일로 바뀌었을 뿐 니의 일상에는 변화가 없다. 이런 나를 보고 집사람은 해고 전과의 차이를 느끼지 못하는 모양이다. 흔히들 해고라 생각하면 직장 일을 그만두고 집에서 미적미적 거리거나 딴 일을 해 시간이 아주 많은 것처럼 생각한다.

그러나 나를 포함한 철도 해고자의 경우는 다르다. 노조간부로 일하는 해고자에서부터 나처럼 지부에서 일을 맡아 하는 경우에 이르기까지 모두

들 바쁘게 살고 있다.

　나는 해고 전부터 지금까지 서울관리역지부에서 활동해 왔다. 해고된 뒤에도 부지부장이다. 특히 식당일을 보면서 환경개선에 나선 건 보람중 하나이다. 몇 달을 지사와 옥신각신 하면서 비위생적인 식당을 10여 일 간의 공사를 통해 말끔히 고쳤다.

　전국의 조합원들이 이용하는 곳. 심지어 지사 관리자들도 즐겨 찾는 곳이 서울역 식당이다. 그들이 맛있다고 하니까 보람을 느낀다. 특히 철도생협에서 공급하는 쌀을 사용하면서부터 밥맛이 좋다는 말 소문이 퍼지고 있다. 이구동성으로 밥맛이 최고라고 한다. 내심 반기는 조합원들의 반응이 즐겁다. 조합원의 즐거움은 해고된 나의 만족이기도 하다.

　그러나 요즘 들어 가끔 공허한 마음이 들 때가 자주 있다. 부쩍 가족에게 미안한 마음도 든다. 해고는 나뿐만이 아니라 가족에게도 큰 짐이 되었

다. 노후를 대비해온 연금마저 송두리째 날아가 버렸다.

이럴 때면 저녁에 술 한 잔 하면서 마음을 추스른다. 그리고 철도를 지키는 투쟁에 비켜서지 않고 온몸으로 맞섰다는 자부심을 다시 세운다.

청춘과 젊음을 바친 나의 전부와도 같은 철도다. 이젠 돌아가야 한다.

훈훈한 정까지도 실어 나르는
기관사로 돌아가고 싶다

송병경 ｜ 영주기관차승무지부

1979년 군대를 가려는데 군대를 가려면 직장을 잡아놓고 가라는 부모님 때문에 철도에 첫발을 내딛었다. 첫 봉급이 18,000원정도 되었던 것으로 생각난다. 당시만 해도 영주는 철도의 르네상스였다. 도시서민들에게 온기를 나눠주는 석탄을 실은 화차들이 산더미를 이루었다. 그리고 밤을 지새우며 동해바다로 여행을 떠나는 사람들이 인산인해를 이루는 곳이기도 했다. 당시 석탄과 시멘트 등 화물수입이 늘 150% 심지어 200% 이상 초과달성하여 영주지방청장은 영전의 자리였다. 그러나 지금은 열차 숫자를 손가락으로 세어도 될 정도로 한산하기만 한 역으로 쇠락하였다. 중앙고속도로가 개통되고 도로가 넓어지는 만큼 철도역들은 하나 둘 사라지지 시작했다. 정부는 중앙선에서 돈을 벌면서 선로의 현대화 작업이나 개량사업을 하지 않아 고객들로부터 외면당하여 이제는 지역경제가 숨을 쉬는 것조차 버거워 하고 있다.

나는 이런 좋은 시절 철도에 들어와 자부심을 가지고 일을 했지만 열심히 일하는 사람들에게는 기회가 주어지지 않았다. 진급을 하려면 돈이 오가는 것이 관례였다. 그리고 어쩌다 지부장으로 출마하려다 정보가 새나가면 정선이나 태백, 동해로 쫓겨나 누구도 감히 나설 수 없었다. 지방본부위원장이 순시만 해도 관리자들이 도열하고 황제처럼 군림하는 것이 노동조합의 실상이었다. 당시 응접실 책상 아래 서랍이 있었다 한다. 그 서랍은 양쪽에서 열수 있도록 되어 있었다고 한다.

노동조건과 복지 또한 지금과는 비교가 되지 않았다. 기관사들은 물통을 들고 다녔다. 요즘처럼 보온이 되지 않아 겨울에는 꽁꽁 얼어버리기 일쑤였다. 그리고 기관차 소음이 엄청났다. 물론 터널을 들어갈 때면 매연이 기관차 안으로 들어와 숨을 멈춰야 했다. 합숙에는 수건이나 비누 등도 없었으며 이불세탁을 요구하는 것은 사치였다. 나또한 직장 동료들과 다를 바없이 철도생활에 무디게 적응하며 살아왔다. 그러던 중 1994년의 파업을 보고, 노조 직선제 투쟁을 보면서 나도 모르게 조합 활동에 서서히 발을 들여놓게 된다. 영주기관차에서 조사, 총무부장과 지부장, 영주지방본부 위원장 직무대행을 거쳐 철도노조 처음 직접선출 영주지방본부위원장에 당선된 것이다.

나는 조합원과 위원장의 관계를 수평관계로 만들기 위하여 책상에 앉아 있는 시간보다 현장을 찾아 다녔다. 오죽하면 정선선을 순회하는 데 한 조합원이 "철도에 근무하면서 지방본부위원장이 현장에 온 것을 처음 봤다."

고 하였다. 지금 생각해 보면 여름철 설사도 해가면서 현장을 누빈 시간이 가장 뜻있고 아름다운 추억으로 남는다.

　무엇보다 가슴이 뭉클한 것이 있다면 난생 처음 해본 파업이었다. 2002년 2월 25일 겨울, 꽃샘추위가 기승을 부리는 가운데 파업이 선언되었다. 수십 년간 억눌려온 철도노동자들의 한이 폭발한 것이다. 24시간 맞교대, 한해 서른 명 이상 죽어가도 제대로 보상받지도 못하는 철도노동자. 파업이 선언되자 조합원들은 열광하기 시작하였다. 그러나 영주는 파업을 해도 마땅한 장소가 없다. 다른 지역처럼 대학도 없고. 할 수 없이 우리는 영주 철도운동장에 집결하였다. 그러나 조합원 동지들은 추운 날씨에도 불구하고 맨땅에 헤딩하듯이 비닐 한 장 덮고 밤을 새웠다. 나는 지금도 '힘들었지만 즐거운 마음으로 모두 하나 되어 함께 투쟁했기에 철도민영화를 막지 않았는가.' 생각해 본다.

그러나 또다시 정부는 2003년 '철도공사법'을 상정시킨다. 그러나 우리는 다시 일어섰다. 2003년 6월 나는 구속되고 파면되었다. 구속된 후 너무 많은 해고자 발생과 조합비 가압류로 조합재정은 바닥이 났다. 면회 온 아내가 "구호금 50만원이 나왔다."고 말했다. 아내와 아이들에게 너무 미안했다. 힘든 시간이었지만 조합원 동지들의 뜨거운 정성으로 지금은 정상적인 생활을 할 수 있다. 나는 항상 동지들이 자랑스럽다.

어느덧 세월은 흘러 또 다른 새로운 집행부가 출범했다. 해고된 지도 5년차에 접어들고 있다. 원직복직, 원상회복의 뜻을 이루기 위해 열심히 투쟁하고 있다. 그렇지만 해고동지들의 집안에 우환은 왜 그리 많은지 안타까운 마음뿐이다. 직장은 없어도 건강만 하면 마음만은 편히 살아갈 수 있을 텐데 그렇지 못한 현실이 안타깝다.

해고생활 중에 조합활동과 시민사회단체, 문화단체, 민주노동당 활동을 하면서 시의원까지 출마하여 낙선의 고배를 마셨다. 철도노동자들은 철도만 바라볼 것이 아니라, 한 단계 높여서 민중과 함께 할 때, 철도가 더욱 발전할 수 있다는 생각을 뼈저리게 느낀다.

철도노동자가 이념, 사상, 정파를 떠나 모두가 한마음 한뜻으로 함께할 때 모든 투쟁에서 승리할 수 있다고 본다. 진정 조합원들이 무엇을 원하는지, 또한 조합원 동지들은 간부들에게만 책임을 전가시키지 말고 나 개인의 일이라고 생각하며 동참할 때 우리의 철도노동조합은 우뚝 설 수 있으리라 확신한다.

나 또한 마음은 하루속히 복직하여 현장으로 돌아가 함께 투쟁하며 정든 조합원들을 만나고 싶다. 이미 기울대로 기울은 지역철도 그 누구도 관심을 가져주지 않은 굽은 철도를 펴, 더욱 빠르고 신속하게 고객의 곁으로 돌아가는 기관차를 운전하고 싶다. 철도가 시민의 사랑을 받으며 국가의 균형발전과 지역경제의 버팀목이 될 수 있도록 고향역을 찾는 서민들의 훈훈한 정까지도 실어 나르는 기관사로 돌아가고 싶다.

이제 새롭게 시작하고 싶다

양원표 | 대전정비창 화물차량지부

와! 세월 더럽게 빠르다. 벌써 해고된 지 4년! 이렇게까지 길어질 줄 꿈에도 생각하지 못했다. 행정소송 1심 때도, 2심 때도 나는 승소할 거라고 생각했다. 어떤 확신이 있어서라기보다는 막연히 그럴 것 같다고 생각했다.

이제는 내가 해고자라는 생각도 못할 때가 있다. 그것은 시간이 지나면서 무감각해진 이유도 있지만 무엇보다도 조합원동지들의 지원과 배려 때문인 것 같다.

해고! 한편으론 고통이지만, 다른 한편으론 발전이자 희망이 되었다고 생각한다. 조금은 생뚱맞게 들릴지 모르지만 나에게 해고는 고통과 좌절만을 가져다 준 것이 아니었다. 사람은 살면서 몇 번의 인생의 전환점을 맞는다는 생각을 한다. 나에게는 정말 세상물정 모르던 시골촌놈이 세상에 눈 뜬 대학생활이 그 전환점이었고, 노동운동 하겠다고 별다른 대책 없이 선배

따라 서울생활 접고 대전에 내려온 것이 또 한 번의 전환점이었던 것 같다. 그리고 해고 역시 나에게는 또 하나의 전환점이 되었다.

해고생활 초기 나는 잠시 동안 외도를 했다. 생계를 핑계로 인력회사를 통해 공장 막노동을 했다. 그때 많은 사람을 만났지만 아직도 생생하게 기억되는 사람들이 있다. 그들은 다름 아닌 정규직에 대한 분노와 원망으로 살아가는 비정규직 노동자들이었다. 운동 좀 했다고 이 논리 저 논리 갖다 붙여 보지만 전혀 우리의 논리로 설득할 수 없는 사람들! 구조조정을 받아들이는 대신에 또는 정규직 자신들의 임금인상을 위해 비정규직을 늘리고, 매년 임단협이 진행되어도 그것은 정규직의 이해를 위한 것 일뿐, 비정규직의 문제는 누구 하나 거론하지 않은 현실 속에서 살아가는 그들에게 나의 논리는 설 땅이 없었다. 정규직의 임금인상은 매년 몇 %씩 이루어지지만 파견이나 하청노동자들은 몇 년째 임금이 동결되어 있는 현실, 정규직 노동

자들이 파견이나 하청노동자들을 대하는 태도는 관리자들이 현장의 노동자들을 대하는 태도와 별반 다르지 않은 현실 속에서 비정규직 노동자들이 보기에 정규직 노동자들은 이미 같은 노동자가 아니었다. 이미 자본의 노동자 분할통치전략은 우리가 의식하지 못한 사이에 우리 노동자들을 전혀 다른 이질적인 두 집단으로 갈라놓는 데 성공한 것 같았다. 자본의 분할전략이 우리를 갈라놓는 동안 우리는 철저히 현실에 안주했고, 철저히 무관심했다. 집회에서, 성명서에서 비정규직을 목 놓아 외쳤지만 그것은 단지 외침이었을 뿐이다. 현장에서 같이 일하고 있는 자기 사업장의 비정규직 노동자들을 외면하는 상태에서, 일상의 차별을 극복하기 위해 어떤 노력도 하지 않은 상황에서, 정규직과 비정규직이 같은 노동자로서 동질감을 회복하는 것은 불가능하다. 그들이 보기에 정규직의 파업투쟁은 사치였고, 파업으로 해고된 나는 제 발로 복을 걷어찬 한심한 정규직일 뿐이었다.

노동운동이 국민으로부터 고립되어 가는 것은 그만큼 자본의 전략이 성공한 것이고 그만큼 우리는 패배한 것이다. 우리가 막연히 국민의 여론을 이야기하지만 좀 더 파고들면 국민의 절대다수는 노동자라는 것을 고려하면 국민의 여론으로부터 고립은 다름 아닌 노동자로부터 고립을 의미한다. 노동운동의 고립을 피하는 것! 그것은 비정규직과 함께 하고, 비정규직의 삶을 개선하는 데 조직된 노동자들이 함께하는 것이라고 생각한다. 현장에 존재하는 일상의 차별에 저항하는 것으로부터 시작해야 된다고 생각한다. 집회장소나 성명서가 아닌 나의 현장에서부터 비정규직 노동자들과 함께하고 함께 실천하는 것만이 자본의 분할전략과 우리의 무관심이 만들어 놓은 현재의 상황을 극복할 수 있다고 생각한다.

지금 또한 나는 전환점에 서있다. 지금의 전환점은 고맙게도 해고로부터 시작된 것이다.

철도생활 10년! 나의 생활은 관성 그 자체였다. 나의 의식은 별다른 문제의식 없이 그냥 그렇게 철도 안에만 머물렀다. 노동운동이 국민으로부터 고립되어 비난받아도 변한 세상만을 핑계 삼았다. 집회 가서 비정규직 철폐하자는 구호를 열심히 따라 외치고, '비정규직철폐가'를 수없이 따라 불렀지만 그것은 그냥 구호일 뿐이고 노래일 뿐이었다. 입사초기부터 현장에는 일용직이란 이름의 비정규직이 있었지만 별다른 문제의식 없이 당연하게 생각하며 살아왔다.

그런데 해고생활이, 해고생활을 통해서 만남 사람들이 나를 무척이나 많이 바꿔놓은 것 같다. 해고라는 계기를 통해 비정규직 노동자들을 만나지 못했다면 나는 지금도 이전의 관성에서 벗어나지 못하고 마냥 그렇게 살고 있을 것이다. 이제는 내가 무엇을 해야 하는 지, 어떻게 해야 하는 지 조금은 알 것 같다. 이제는 비정규직 동지들과 함께하고 싶다.

어쨌든 해고는 나에게 또 하나의 전환점이 된 것은 분명하다. 해고가 아니었으면 아직도 대창 안에 나를 가두고 있었을 것이다. 보다 열심히 살고 싶다. 나에게 해고는 더 이상 고통이 아니다. 이전의 나를 반성하고 새로운 실천을 준비하는 계기이다. 더 강해지고 더 당당해져서 철도에 복직하고 싶다. 이제 새롭게 시작하고 싶다.

부활을 꿈꾸며

박해철 ㅣ 서울정비창 디젤차량지부

세면대 거울 앞에 섰다. 물먹은 솜처럼 축 처진 몸뚱이가 비친다.

사십대, 지하철을 타면 자리부터 챙기고 앉아서 병든 닭처럼 졸고 있는 사람은 사십대다. 그런 사십대가 거울 안에 있다. 결혼 4년 만에 태어나서 올해 초등학교에 입학한 딸내미가 "아빠, 또 술 먹었어, 으-그-." AIG 선전을 흉내며 놀려대는데 집사람은 걱정 반, 통쾌 반으로 날 째려본다. 그 눈길을 피하고자 지난 월드컵 때 다시 돌아온 배 나온 호나우드를 핑계거리로 나와 비교하며 다시 한 번 거울을 본다. 그리고 아무리 용을 써보지만 거기에는 S라인대신 D라인이 있다. 결국 배 나온 호나우드는 재기의 한계를 드러냈던가….

"굴러다니는 그 몸뚱이로 공 차 봤자지. 아! 나는 언제 배에 왕짜 새긴 남자랑 살아보나." 투덜대며 집사람은 유니폼과 축구화를 가방에 챙겨 넣어준다. "이제 축구도 끝이야, 오늘부로 철해투축구회 해산한다."는 뜬금없는 말에 집사람은 그래도 아까운 육덕 써먹을 축구회에 내심 기대한 모양인지 "뭐라고, 축구회를 해산한다고, 해산해서 뭐하려고 ….' 아쉬움이 묻어난다.

여전히 47명의 해고자들이 '현장으로 돌아가자'는 철해투 깃발에 남아 원직복직을 목청껏 외치고 있다. 그런데 철해투축구회는 해단식을 갖게 된 것이다. 6·28 파업 이후 대량징계로 한때 86명에 이르렀던 해고자 중 39명 이 복직하면서 철해투축구회 회원도 29명에서 13명(실제경기 참가회원은 8 명)으로 줄어들었다. 절대인원(선수)의 부족으로 불가피하게 해단을 하게 된 것이다.

철해투축구회는 공투본축구회에서 비롯되었다.
지난 2000년 공투본투쟁 해고자들은 공투본축구회를 결성하였다. 그리 고 2·25 해고자들이 가세하였다. 공투본축구회는 지속적으로 전국을 돌며

축구를 통해 현장조합원들과 호흡을 함께하였다. 축구는 현장과 해고자를 이어주는 또 하나의 통로였다. 공투본축구회는 6·28 해고자들의 대량 가세로 2005년 보다 확대발전(?)된 철해투축구회로 명칭을 변경하였던 것이다.

　　시흥차량 잔디구장에서 해단을 겸한 축구시합은 끝났다. 이대로 끝나는가? 회원들의 마음은 무거웠다. 공투본 시절부터 애정을 쏟고 간직해온 회원들의 상실감은 그만큼 컸다. 그리고 언제나 해고동지들의 아픔을 덜기 위해 항상 배려하고 오랜 기간 함께 공을 차며 정을 나누던 현장 축구동호회에게도 해산은 경우가 아니었다.

　　자연스럽게 이어진 뒤풀이 자리에서 회원들은 아쉬움과 상실감을 서로 토로하기 시작하였다. 회원들은 서로 이야기를 나누면서 새삼 축구회의 소중함과 축구회가 회원들의 마음에 너무도 깊숙이 자리 잡고 있음을 확인하였다. '축구회를 이대로 끝낼 수 없다.', '현장과 해고자를 이어주는 또 하나의 통로, 축구는 계속 되어야 된다.'는 회원들의 마음이 모아졌다. 결국 해단식 뒤풀이는 새롭게 해고동지축구회의 결성식이 되었다.

　　거나하게 술 취한 몸뚱이를 전철의자에 구겨 넣고 나는 웃고 있다.
　　배 나온 호나우드의 부활을 꿈꾸며, 축구에게 나의 사십대 몸뚱이의 부활을 꿈꾼다. "마누라, 나는 배가 쏙 들어가도 왕짜가 안 돼. 배에 점이 하나 있어 구슬 옥자가 돼. 흐흐흐 … ."

가족은 나의 버팀목

배영대 ｜ 제천차량지부

내가 노동조합 일을 시작할 때부터 나의 가족은 언제나 함께였다. 그리고 지금도 복직을 기다리며 장기해고의 어려움을 받쳐주고 있다.

당시 노조가 어용이었던 시절, 나는 노동조합 일을 핑계로 집에도 늦게 들어오거나 거의 술에 절어 들어오기 일쑤였다. 특히 노동조합이 민주화되고 간부 일을 하면서부터 가계재정까지 적자로 돌아섰다. 그러나 정말 어려움은 가장인 내가 해고되면서부터였을 것이다.

지금도 집사람은 '구호기금이 제대로 지급되지 않아 만기가 된 연금과 보험을 모두 해약한 아픔'을 말하곤 한다. 특히 내 집 마련의 꿈을 접고 분양받기로 했던 아파트까지 포기해야만 했던 기억은 지금도 아쉽고 섭섭한가 보다. 결국 우리 가족은 내 집 마련을 포기하고 제천의 변두리인 지금의 송악에 자리를 잡았다.

그러나 해고는 우리 가족의 화목과 정을 돈독히 하는 계기가 되었다. 용케도 아이들은 어려움을 잘 참아줬다. 또 집사람도 묵묵히 경제적 어려움을 견디며 나의 해고를 내색하지 않았다.

그러나 어찌 밝은 날만 있었겠는가!

인내도 한계가 있는 법이다. 가장의 해고에도 불구하고 내색 없이 마음 속으로 삭혀왔을 가족들이 언제나 고마울 뿐이다.

있으면 있는 대로 없으면 없는 대로 가족의 살림을 책임져야 하는 집사람에겐 구호기금이 지급되는 매달 25일이 긴장의 연속이었다고 한다. 조합비가 가압류되거나 어쩌다 25일을 넘기는 날에는 눈앞이 깜깜해 진다는 말을 들을 때마다 나의 해고가 나만의 문제가 아니라는 점을 새삼스럽게 느끼곤 한다. 그리고 집사람과 가족에게 무척이나 미안할 따름이다.

비록 저들은 나를 해고함으로써 조합원으로부터 소외시키고 철도로부터 분리시키려 했지만 나는 노동조합 일을 놓지 않았다. 아니 오히려 해고 전보다 더욱 왕성한 활동을 하려고 한다. 그게 저들의 노림수에 맞서는 것이라 판단하기 때문이다. 노동조합 일을 더욱 열심히 하는 것. 이는 나를

포함한 47명의 해고동지들의 공통된 마음일 것이다. 그렇게 47명의 동지들은 비록 보이지 않는 투쟁을 자신과 함께 계속하고 있다.

나는 제천차량지부 교선차장으로 일하면서 민주노총 충북지역본부 제천단양지구협의회 사무국장으로 일하고 있다. 민주노총 지역 사무국장은 더 많고 더 세분화된 노동형제들과의 만남을 제공해 주었다.

이런 나의 경험이 복직 이후의 활동에 큰 도움이 될 것이라 믿는다. 나에게 해고는 더욱 강하고 힘차게 질주하기 위한 충전의 기회이자 더 많은 세계를 접하고 경험하고 교육받을 수 있는 기회의 장이다. 결코 나만의 생각만은 아닐 것이다. 두드리면 두드릴수록 강해지는 강철과 같이 우리는 더욱 강해질 것이고 우리를 해고시킨 저들의 의도는 결코 성공하지 못할 것이다.

난 47명 철도해고동지들이 펼칠 복직 이후의 세계를 꿈꾼다.

바뀌진 근무체계에서 그들과 함께 일하고 잡다!

진중화 ㅣ 광주차량지부

2001년 철도노조 직선제 쟁취 이후 지부장 경선에서 간발의 차이로 '진 지부장'이 아닌, '이긴 지부장'이 되었다. 그리고 지부장 3년 동안 2번 파면 되었으며, 그 기간이 10년이라 느껴졌다.

2002년 2·25총파업 … .

철도민영화 반대와 노동조건 개선의 기치를 든 2002년 '2·25총파업' 과 정에서 순천지방본부의 파업 불참선언으로 지방본부 비상쟁대위원장을 맡 게 되었다. 철노노소의 이름으로 전국의 열차를 일시에 세운 사건은 전평 이후 처음이었기에, '2·25총파업'은 철도노동자의 한과 감동이 넘쳤던 파업 이었다. 순천지방본부 대부분의 조합원들은 참가 못했지만, 그들도 동감했 을 것이다. 그래서 그들의 마음을 조금이나마 표현하고 자존심을 지키기 위 하여 비대위 천막을 쳤다. 파업은 3일 만에 끝이 나고 지본위원장직대 업무 를 위해 지방본부로 출근하였으나, 철도청의 전임 불인정으로 직대 집행부

4명이 해임 또는 파면되었다. 노조의 전임자 지정은 고유권한인데, 무단결근 처리하여 해고하는 철도청의 전근대적인 노사관에 혀를 내두를 수밖에 없었다.

소청심사 과정에서 3개월 만에 복직은 되었지만, 투쟁은 이어졌다.

2003년 '4·20 투쟁'과 곧바로 '6·28 총파업'이 시작되었다. '6·28 총파업'은 합의를 번복한 정부와 국회를 상대로 하는 힘겨운 투쟁이었지만 강력한 철도노조도 무기력했다. 4일 만에 합의서 한 장 없이 복귀하는 초유의 사태였지만, "자랑스런 철도노동자는 친노동자 정부라는 가면을 벗기고 반노동자적 본질을 폭로하였다."라며, "다음에 또 하면 되지."라며, 서로를 위로하면서 눈물을 머금고 복귀하였다. 그리고 현장은 대량징계 융단폭격으로 초토화(?)되었고, 더불어 나도 해고 되었다.

두 번의 해고가 내겐 커다란 사건이었지만, 시간이 흘러감에 흐려지고, 묻혀지고, 이제는 가물가물 잊혀지는 것 같아 아쉬움이 남는다. 그래도 예

전의 근무지에 가면 "이번엔 복직되는 거야?", "언제 복귀하는 거야?"라며 관심 갖는 현장의 조합원이 고맙다. 또한, 민주철노 6년의 과정에서 호남지역은 이러저러한 우여곡절이 있었지만, '6년의 감동'(?)으로 새로운 집행부가 출범하면서 지역의 희망을 고민한다.

철도노조 민주화가 화두였고 희망이었던 2000년 직선제 쟁취를 위한 공투본 시절에 철도노조를 민주화 시키면, 당시 24시간 맞교대를 서울지하철처럼 3조 2교대로 바꿀 수 있다며 경험하지도 않았던 '주주야야비휴' 근무형태를 설명하였다. 조합원들은 고개를 갸웃갸웃 하며 "그게 되겠어?"라며 반문하였지만, 그 바람은 현실이 되었다.

'2 · 25파업' 관련 해고자들이 모두 복직하였다. 이제 나도 복직 순번을 탔다. 원상회복은 별도로 고민하더라도 복직은 올해인지? 내년인지? 시기가 문제일 뿐이라고 집사람한테 큰소리 쳤는데, 오버인가? 크크 … .
다시 복직하면 어떤 희망을 고민할 수 있을까?
철도노동자의 희망, 천오백만 노동자의 희망을 현재와 현실로부터 다시 일구어야 하지 않겠나 … .
철도노동자의 현실, 노동운동 현실, 비정규직의 현실, 신자유주의 현실, 농촌의 현실, 분단조국의 현실 등등 주위의 수많은 현재적인 상황들 속에서 새로운 희망을 찾아내고 만들어야 할 것이다.

조합원과 함께 모두의 희망을 위하여!
바꿔진 근무체계에서 그들과 함께 일하고 잡다!!

조합원들이 있는데 뭐가 걱정일까?

김용덕 ｜ 서울차량지부

'해고자' 하면 보통 사람들에게 떠오르는 생각은 '경제적 어려움', '복직투쟁'과 같은 것들이다. 나에게도 '해고자'라고 하면 내가 현직으로 근무하고 있을 때 사무소에 신발을 팔러 오셨던 6·23 해고선배들의 모습부터 먼저 떠오른다. 10여년의 해고기간 동안 간난신고를 다 겪었던 우리 선배들의 모습을 보면서 "나도 혹시 해고되면 저렇게 어려운 과정을 거쳐야 할까?" 생각했었다.

6·28 투쟁으로 막상 해고되고 이어지는 경제적 어려움으로 힘들어지기 시작했을 때 나도 똑같은 길을 가나보다 생각했다. 그러나 노동조합이 민주화되었다는 것의 큰 의미와 철도노조 조합원들에 대해 그때는 다 알지 못했다. 해고자들의 경제문제를 풀기 위해 노동조합에서 많이 노력했고 조합원들은 갖은 지원과 배려를 해 주었다. 철도 해고자들이 그래도 타 노동조합의 해고자들보다 형편이 나은 것은 우리 조합원들이 민주노조에 대한 애정이 특별하고 선배들에 대한 의리가 깊기 때문이다. 나는 그런 조합원들 덕

에 자칫 남는 것 없이 허무하게 보낼 수도 있는 기간이지만 만 4년이 다된 해고기간을 뜻있게 보내고 있다.

지난 해고기간을 돌이켜보면 개인적으로 의미 있는 일이 많았다. 민주노동당 가입, 방북, 운수노조의 출범, 늦둥이 출생….

민주노동당 가입은 다른 분들에게는 별거 아닐 수도 있지만 나에게는 노동운동을 뛰어 넘어 보다 근본적인 문제를 해결하는 실천으로 한 발 더 다가가기 위한 나 자신의 결의표명이었다. 사실 이전에는 조합 간부로 일하면서도 열심히 하는 사람들 도와주자는 생각이 더 강했었다. 운수노조추진위 일을 하면서 운수노조 출범을 위해 나름대로 분투했던 일과 함께했던 동지들은 잊을 수 없는 기억이 될 것이다. 운수노조 창립을 위한 3년여의 노력으로 운수노조가 출범하게 된 것은 개인적으로 큰 보람으로 남는다. 운수노조추진위 일을 하면서 철도 안에서만 맴돌던 사고방식과 인맥관계가 전에 비할 수 없이 넓어졌다.

　운수노조추진위 일을 하면서 통일사업을 추진하고 운수노동자대표자회의를 계기로 함께 방북했던 일도 잊을 수 없다. 나름대로 통일운동과 남북 운수노동자들의 단결에 보탬이 되었다고 생각한다. 이제 8개월 된 늦둥이가 이 글을 쓰는 중에도 뒤에서 기어 다니고 있다. 내 나이 마흔 넷, 좀 먹은 나이에 제 언니하고 띠동갑인 애가 우리 가정에 생겼다. '의무가 곧 축복'이라는 말이 가슴에 와 닿는다. 그 밖에도 내 인생에 의미 있는 많은 일들이 지나 4년간에 일어났다.

　나에게 해고기간은 한편으로 어려운 과정이지만 또 한편으로는 해고가 되지 않았다면 할 수 없는 여러 경험들을 하게 해 주었고 정신적으로 많이 성장한 기간이었다. 그래서 결코 헛되이 보내지 않았다고 누구에게나 자신 있게 이야기할 수 있다. 조합원들도 역시 해고자들에게 우선 복직을 바랄 것이며 해고기간이라면 뜻있게 보내기를 바랄 것이다. 내가 그나마 해고기간을 잘 보내고 있다고 자신할 수 있는 것은 오직 우리 조합원들 덕분이다. 조합원들이 관심을 가지고 지켜보고 지지, 성원하지 않으면 해고자는 그냥 실업자와 다를 바가 없다. 복직은 올해 안 될 수도 있고 더 길게 갈 수도 있다. 그러나 철도노조 조합원들과 같은 훌륭한 조합원들이 있고 철도노조가 민주노조로 남아있는 한 철도 해고자로서 우리들의 앞날에 대해 굳이 걱정할 필요는 없을 것이다.

해고자라고 별다른 것 없다

남기명 | 대전기관차승무지부

해고된 지 만 4년이 되어 간다. 가끔 해고자를 대할 때 미안해하는 분들이 있는데 4년의 기간 솔직히 해고되었어도 별다른 것은 없었다. 매번 배치되는 파업투쟁과 노조일로 바쁘게 지냈기 때문이다. 다만 해고되었다는 것에 대한 인식과 그에 따른 분노가 있었을 뿐이다.

2년 전 초등학생인 딸이 아빠 직업란에 뭐라고 쓰냐고 물어 철도해고자라고 쓰라고 했더니 싫단다. 나중에 딸에게 왜 철도해고자로 쓰면 싫으냐고 물었더니 그냥 싫단다. 그리고 왜 해고되었냐고 딸이 물어 파업해서 그랬다고 했더니 그딴 걸로 해고하는 회사가 어디 있냐는 딸다운 대답에 나는 "그러게 말이다." 했다.

해고 이후 노조 일을 하면서 간혹 열 받는 상황도 있었지만 뭐 그리 대단한 것은 아니었다. 다만 올해 선거를 치르면서 노조간부라는 사람에 대해 이전의 인식과는 다른 상황을 경험하면서 마음에 상처가 났다. 이기기 위해 거짓말을 서슴지 않고 자신의 이익을 위해 노조간부의 자긍심을 팽개치는 모습, 당연한 듯한 편 가르기와 그에 따른 편견으로 이전의 파업투쟁을 함께한 동지가 아닌 적으로 대하는 모습, 상식적인 내용에 대해서도 자신들의 이익에 도움이 되지 않으면 상식도 저버리면서 거품을 무는 모습, 함께 투쟁하고 일한 동지보다 자신들의 정파나 계모임에 연연하는 모습, 이기면 모든 것이 다 정당화되는 듯 노조간부리기보다는 양아치에 기까운 모습을 보면서 기성 제도정치권의 선거와 도대체 무엇이 다른지 알 수 없었다. 2001년 민주노조가 탄생될 때의 민주와 어용이 확연히 갈라질 때와 다르게 이제는 모두가 민주인척 투사인척 하는 모습에 역겨움을 느낀다.

노조활동하다 해고되었으니 노조를 통해 복직하면 된다. 그 나머지는 해고 전과 똑같다. 차를 타지 못한다는 것을 제외하고 지부사무실에 출근하여 일하고 얘기하고 고민하고 술 마시러 가고 가끔 투쟁하고 가끔 농땡이치고 그렇게 임원들과 조합원들과 함께 생활하고 있다.

가족과 행복하기 위해 한다고?

박인철 | 광주차량지부

술자리에서 노동조합에서 간부활동을 하는 절친한 형이 알고 지내는 동생들을 붙잡고 설득을 한다. "노동조합을 왜 하느냐고? 잘 먹고 잘 살기 위해서야."

요즘 노동조합 해서 잘 먹고 잘 사는 사람이 어디 있어? 찍혀서 짤리기 십중팔구지. 요즘 누구나 그런 정도는 다 안다. 그저 당위성 때문에 반박을 못할 뿐이다. 잘 먹고 잘 산다는 게 어떤 것인지 오히려 심정적인 반발이 생긴다.

"나와 내 자식들, 그리고 가족의 행복을 위해서 한다. 너는 자본주의 방식으로 살아가는 게 행복한 거냐? 사람이 어떻게 돈으로만 사냐? 나는 죽어도 그렇게는 못산다." 이러면 대부분 고개를 끄덕거리긴 한다. 하지만 속으로는 여전히 "그래, 너 잘났다. 네 팔뚝 굵다. 너는 그렇게 살아도 나는 그렇게 안 산다."하는 사람이 대부분일 것이다. 적어도 철도 정규직에 한해서는.

　그러면 정말 나는 왜 노동조합 활동을 하는 것인가? 별나기 때문인 것 같다. 그래서 가족과 주위에서 하지 말라는 일을 굳이 고집피우며 하는 것이다.

　나는 이제 고작 노동조합이란 말을 들어본지 칠팔년 정도 됐지만 이미 온가족이 탐탁하게 생각하지 않는다. 한때 나름대로 한솥밥을 먹었다던 집사람조차 그만 했으면 하고 바랜다. 집사람도 한때는 적극적으로 찬성하고 집회다 농성이다 해서 잘 따라다녔다. 그러나 노동조합일 해봐야 "죽을 구멍만 찾아서 하는 일"이라는 것을 깨달아 가는지 언젠간 진지하게 부탁을 한 일이 있다. "언젠가 복직되면 다시는 노조 하지 마. 나이 먹고 또다시 해고되면 다 끝장이야."

　그래서 요즘 집에 있을 때면 집안 일 하느라 정신이 없다.

　부모님도 철도는 그래도 밥벌이는 되는 직장이라고 생각하셨다가 내가

해고되자 복직될 날만 손꼽아 기다리고 있다. 그러면서 텔레비전에 데모하는 화면이 나오면 거기에 혹시 내 모습이 있지 않을까 찾아본다.

나는 한동안은 노동자라면 그리고 조합원이라면 누구나 노동조합 활동을 하는 줄로 알았다. 그래서 아무나 붙잡고 쥐뿔도 모르면서 노동조합의 필요성을 역설하고 함께 활동하자고 떠들어댔었다. 그렇게 해서 함께한 사람도 있었고 똥씹는 표정을 짓는 사람도 있었지만 지금 생각해보면 그때의 그 열정이 그립다.

노동조합은 성격이 무던하고 끈질긴 사람이 하는 일인 것 같다. 노동조합일을 하지 않아도 세상 똑바로 살 수 있는 착한 사람이 하는 일이라고 생각한다. 거기에다 가치관이 뚜렷하고 대범까지 해야 하구.

주위를 보면 노동조합 활동을 해서는 안 되는 사람이 해서 조직도 망치고 자기 인생도 망친 경우들이 있다. 어쩌면 내가 그 당사자가 될 지도 모른다. 한때의 의기는 어디로 가고 주변 환경에 따라 나뭇가지처럼 흔들리며, 힘들어하고 괴로워하는…….

남들 안하는 일하며 힘들어 할 것이라면 차라리 하지 않는 것만 못할 텐데 말이다.

나의 해고 이후 생활

최상규 ｜ 대전차량지부

2003년 6월 28일 그날을 회상해 봅니다.

복귀 하는 날까지 대전차량 210명의 조합원 동지들은 지부장과 함께 한 치의 흔들림 없이 파업투쟁을 성실히 수행했습니다. 7월 1일 오전 11시에 민주노총 복지관에 모여 간단하게 총회를 하고 다 같이 복귀했기 때문에 자부심을 느낍니다.

2003년 7월 26일자로 해고통보를 받았습니다. 아마도 제가 죽는 날까지 잊어버리지 않을 것 같습니다. 솔직히 저는 해고 이후에 대해서는 생각하고 싶지 않습니다.

해고통보를 받고 집에 가서 이야기를 해야 되는데 망설여졌고 고민도 많이 한 것은 집사람이 노동운동에 대해 이해를 하지 못하고 있었기 때문입니다. 그렇게 고민을 하다 8월 첫째 주 토요일에 가족들에게 이야기를 해야겠다고 마음먹고 수원 집으로 갔습니다.

다들 잠든 밤늦은 시간에 집사람에게 조용하게 내가 이번 파업으로 해고통보를 받았다고 정말 미안하게 됐다고 말했습니다. 당시 집사람의 표정을 살피며 저는 제 몸이 굳어지는 것 같았습니다. 한동안 말이 없던 집사람은 부엌으로 가더니 조촐하게 술상을 차려 와서는 고생했다고 소주 한잔 하라고 하며 술을 따라 주는데 집사람의 손이 떨리는 것을 보았습니다. 저도 집사람에게 소주를 따라주고 같이 마셨습니다. 집사람은 술을 조금밖에 못 하는데 그날은 반병이나 비웠고 저는 한 병 반을 먹었습니다.

그리고 잠이 들었는데 새벽 네 시에 집사람이 갑자기 복통을 일으키는 것이었고 저는 그때서야 집사람이 임신했다는 걸 알았습니다.

임신은 8주였고 철도노조가 파업에 들어가는 시기라 저한테 파업이 마무리가 잘 되면 그때 얘기를 하려고 했다는 겁니다. 황급히 119를 불러서 병원으로 갔지만 의사의 말은 저를 절망하게 하였습니다. 눈물이 났습니다.

그래도 다행인 것이 수술을 하면 괜찮으니 걱정하지 말고 수술수속을 하고 오라고 했습니다. 그렇게 일주일 후 퇴원을 하고 집에 와서는 집사람에게 고개를 들 수 없었고 저는 가족들에게는 죄인이었습니다.

저는 해고 이후에 노가다도 다녔고 잠깐 동안 운전도 했습니다. 중간중간에 일거리가 없을 땐 쉬기도 하고 한때는 방황도 했습니다. 2003년 12월에는 대전지방본부 국장으로 5개월간 전임을 하기도 했습니다. 다시 노가다 일을 하다가 해고자들이 복직투쟁을 한다는 소식을 듣고 2004년 12월 말에 서울역 대합실에서의 농성투쟁에 합류해 동지들과 투쟁을 시작하게 됐습니다.

그때 투쟁은 정신적으로 우리 노동자들의 투쟁의 정당성을 깨우치는 계기가 되었습니다. 그렇게 투쟁을 전개하던 중에 어머니가 뇌출혈로 쓰러지셨다는 연락을 받았습니다.

제가 10개월 동안 간병을 하는 동안 많은 분들이 도움을 주셨고, 특히 해고동지들의 고마움은 평생 잊지 못할 것입니다. 어머니는 2006년 5월 순천향대학병원 중환자실에서 하늘나라로 가셨습니다.

모든 해고자들은 부모님께 너무나 큰 빚을 지고 있는 것 같습니다. 큰 빚을 갚을 길은 오로지 현장으로 돌아가는 것입니다.

어쨌든 우리는 2006년 3·1 파업에서 복직을 희망 했습니다만 복직의 꿈은 이루어지지 못했습니다. 하지만 우리는 어렵다는 시기마다 노동자는 하나임을 공사와 정부에 분명히 보여줬다고 생각합니다. 3·1 파업 때는 조합원 동지들이 간부들보다 더 확고한 의지를 보여줬고, 이제 앞으로의 투쟁에서는 간부들의 역할과 투쟁의지를 조합원들이 신뢰할 수 있게 보여줄 때입니다.

그리하여 노동자의 세상을 철도에 만들 수 있어야 할 것입니다.

제 3부

희망의 티켓

희망의 티켓

유기천 / 구로열차승무지부

나를 만나고 나를 스쳐간 사람들의 이야기를 하고 싶다. 구로열차지부에서 지부장으로 일하면서 일일주점을 했다. 한 조합원 딸이 뇌종양으로 투병중일 때 일일주점을 하여 적지 않은 돈을 모아 병원비를 보탠 된 적이 있다. 구로열차 조합원을 비롯해 노조 민주화를 위해서 함께 하던 사람들이 주인공이다. 그리고 '전면적 직선제 쟁취를 위한 공동투쟁본부'(공투본)를 만들어 당시 용산의 철도노조에서 농성하면서 함께 고생한 사람들이 만든 희망의 이야기를 하고 싶다.

나는 공투본에서 공동대표 겸 재정을 담당했다. 운수에서 일하며 표도 팔고 하니까 돈 정리를 잘 할 것이라는 이유가 전부였다. 그때는 서로 어려우니까 다들 일이 주어지면 알아서 하는 분위기였다. 흔한 말로 실탄이 있어야 투쟁을 하는데 늘 실탄마련이 어려운 상태였다. 그러나 말이 재정이지 돈 나올 데가 없는 민주파들은 거의 빈 주머니들이었다. 그러나 당장 써야 할 돈은 많고 돈이 없어 정말 난감하였다. 할 수 없이 집사람에게 3개

월 후 줄 테니 적금을 해약해서 달라고 하였다. 그런데 마누라가 아무 말
없이 적금을 해약해 주었다. 지금 생각하면 나보다 집사람이 더 대책이 없
는 것 같다.

적금을 해약했다고 재정이 해결된 것은 아니었다. 할 수 없이 직장동료,
친구들에게 잠깐 쓰고 갚겠다며 돈을 빌려야 했다. 직장동료들은 돈이 어떻
게 쓰이는지 뻔히 알면서 내놓았다. 잘못되면 돈을 못 받을지도 모르는데
아무 말 없이 내놓는 조합원들을 보면 가슴이 뭉클하였다. 농성이 장기화
되면서 돈을 써야 할 곳이 늘어만 갔다. 자칫 잘못하면 돈이 없어 투쟁도
못할 상황이니 재정을 담당한 나로서는 돈이라는 것이 너무 야속했다.

아무리 돈을 아껴 써도 꼭 써야 할 곳이 있었다. 농성장을 지키기 위하
여 근무가 끝나면 달려오는 조합원들에게 밥을 먹이고, 추위에 떨며 밤새우
며 농성장을 지키는 조합원들을 위하여 연료도 사야 한다, 선전물을 발행해

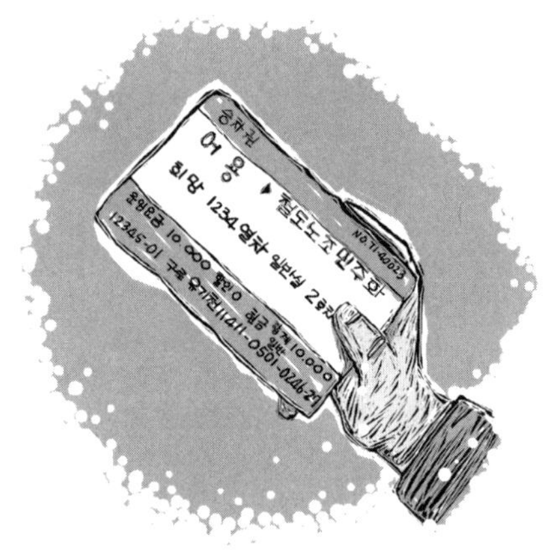

야 하고, 발행된 선전물을 배포하기 위해 돈이 필요했다. 소송에 들어가는 비용도 마련해야 하니 돈이 없이는 아무것도 할 수 없을 것 같았다.

그러나 투쟁이 길어지며 조합원들도 돈이 절대적으로 필요하다는 것을 알고 있었다. 조합원들은 농성장이나 집회에 올 때는 빈손으로 오지 않았다. 언제나 호주머니를 채워서 왔다. 모금함을 돌리면 지폐가 수북이 쌓여 고민을 해결해 줄때도 많았다.

그러나 두 달 이상 농성을 하면서 경비는 계속 들어가고 철도청이 적극 개입하였다. 공투본 핵심 지도부를 파면, 해임시키고 많은 사람들을 비연고지로 전출을 보냈다. 농성장을 철수해 전출을 가야 하는데 남은 빚이 문제였다. 할 수 없이 일일주점을 하기로 했다. 전출 간 사람들 얼굴도 보고 현장의 가라앉은 분위기도 다시 세울 겸 주점을 하는데, 잘 될 수 있을까 고민을 많이 했다. 그러나 막상 티켓을 판매하고 보니 괜한 걱정으로 머리만 아팠다. 주점을 하면서 조합원들은 물론이고 철도노조의 민주화를 바라는 사람들까지 나서 티켓을 사 주었다. 티켓 판매는 대성공이었다. 조합원들이 주점이 열리지도 않았는데 새벽근무를 끝내고 달려왔다. 지방에서도 조합원들이 달려왔다. 노래도 부르며 춤도 추었다. 아침부터 밤늦게까지 찾아오는 사람들이 이어졌다. 주점은 철도노동자들의 희망을 써 가고 있었다. 결산을 해보니 투쟁을 하면서 빚 진 돈을 다 청산할 수 있었다. 빚을 청산하고 우리는 한 숨만 돌린 것이 아니었다. 새로운 희망을 만들기 시작하였다.

희망의 티켓을 구입한 사람들은 위원장을 내 손으로 직접 선출하고 싶어 하는 조합원들이었다. 철도노조 민주화를 바라며 성원을 보내 주시는 많은 분들이 희망의 티켓의 주인공이었다. 지금도 나는 조합원들을 보면 희망의 티켓을 가지고 있는 것 같다. 나는 그들과 함께 꿈을 꾸고 춤을 추었다. 티켓을 구입하고 빚잔치에 동참한 사람들에게 그 티켓의 기운이 영원히 희망으로 간직되기를 간절히 소원한다.

무지개를 보기 위해 잠시 비를 맞는 것일 뿐

— 치열함으로 각인된 투쟁이 왠지 소박하면서 담백하게 느껴질 때가 있다

최승우 ǀ 서울열차승무지부

해고기간 4년, 2003년 6월 28일 이 날은 세월이 무수히 흐른다 해도 나의 기억 속에 찍힌 판화처럼 생생하게 박혀 있을 것이다.

지금 생각해보면 지부 총무부장이 해고될 거라고 주위 동료들뿐만 아니라 나 자신도 예상하지 못했다. 그것도 파면으로 굳어질 것이라고는 미처 생각하지 못했다.

아들 민호가 세 살, 딸 정민이가 초등학교를 입학한 후 몇 개월이 지나서 해고가 되었는데 훌쩍 커버린 정민이가 벌써 5학년이니 세월이 빠르긴 빠른가 보다. 2003년 7월 해고통보를 받고 "집에 가서 어떻게 얘기를 해야 하나…." 이런저런 짱구(?)를 굴렸는데, 나의 해고사실을 차츰차츰 주위 분들이 알게 되더니 이젠 친구들뿐 아니라 일가친척과 처갓집도 다 알고 있다. 나를 더욱 힘들게 하는 것은 해고된 사실보다 "네 나이가 몇인데 데모냐!"는 노골적인 핀잔부터, 말은 안 하지만 보이지 않는 이런저런 눈총들이었다.

　아직도 딸 정민이에게 아빠가 해고자란 말을 하지 못하고 있다. 당시 여덟 살 꼬맹이에게 아빠가 해고자란 걸 설명하기는 매우 난감하고 힘들었다. 그 사실을 미루고 미루었던 것이 지금까지 온 것 같다. 어쩌면 그동안 아이들과 같이 놀아주지 못했고, 함께하지 못했던 가족의 소중함을 느끼고 있나 보다. 두 번 다시 오지 않을 이 시간들…, 정말 소중히 보내야 할 시간인 듯싶다.

　요즈음 나는 업무가 가득한 일상에 파묻혀 살고 있다. 지난 3월부터 본 부조합 총무국장으로 일하게 되었기 때문이다. 그 후로 아이들을 일주일에 두어 번 볼까…, 밤늦게 들어와서 아침 일찍 출근하니 아빠 얼굴을 볼 시간이 없었던 딸 정민이가 "아빠 회사가 요즘 그리 바빠?"라고 자주 물어온다. 그때마다 나는 "응, 열차가 늘어나서 무지 바빠."라고 둘러댄다. 너무나 바쁜 것은 사실이나 거짓말이다. 정민이에게 말한 것처럼 어서 현장으로 돌아가 바쁘게 일하며 그 속에서 보람을 찾는 아빠의 진짜 모습을 보여줄 날을 희망한다.

해고생활을 하며 많은 해고동지들을 알게 됐다. 나는 그들을 진심으로 존경하고 사랑한다. 삶과 투쟁의 순간을 굳이 얼굴 마주하며 함께하지 않더라도 엇비슷한 이유로 같은 곳에 발 담그고 있었던 것 하나만으로도 끈끈한 동지애를 느낄 수 있다.

치열함으로 각인된 투쟁이 왠지 소박하면서 담백하게 느껴질 때가 있다. "어! 그래, 그때 나도 거기에 있었는데…, 너처럼 나도 똑같은 꿈과 희망을 가졌었는데…, 우리는 반드시 현장으로 돌아갈 거야…." 힘들수록 우리들은 이렇게 소박한 말들을 주고받으며 소주 한 잔 기울인다.

그 뜨거웠던 6·28이 한참이나 지나서 동지들을 만나도, 지금처럼 "그때 나도 거기에 있었는데…."하는 소박한 말처럼 꾸미지 않고도 진솔하면서 명쾌한 이야기를 나누고 싶다. 아주 사소한 것에서도 우리의 삶을 충분히 공감할 수 있었던 것처럼 모두가 원직복직한 후에도 철해투 동지들을 종종 만나 이야기를…, 삶을 나누고 싶다. 더불어서 힘겹고 험난한 지금 일상에 대해 추억으로 이야기 나눌 수 있는 세상이 오면 참 좋겠다는 생각을 해본다.(혹시, 그때는 보기 싫을까?) 이런 생각들을 하는 건 지금의 그 모든 것 하나하나가 참으로 소중한 것 그 자체이기 때문이다.

찬란한 무지개를 보기 위해 우리들은 잠시 비를 맞는 것일 뿐이라고 위안을 삼아 본다. 고난과 역경을 이겨내고 살아가는 삶은 참으로 멋지다. 그것은 절대 쉽게 얻어지지 않으며 들끓는 열정과 치열한 투쟁을 해야만 얻을 수 있기에 참다운 가치가 있는 것이다. 앞으로 힘에 겨워 고단하단 이유로 삶에서 도망가지 않을 것이다. 지금의 험난한 현실을 지혜와 끈기로서 헤쳐 나갈 것이다. 이와 함께 소중한 나의 삶을 만들 것이다.

광주

김승식 ㅣ 서울정비창 디젤차량지부

내가 그 도시를 안 것은 1992년 8월이었다.

정말 무덥던 1992년, 난 20대 초반의 나이로 광주에 갔다. 8월 어느 날이었다. 그때 난 대열 속에서 전경과 마주하고 있었다. 금남로에 상가들은 셔터를 내리고 거리는 너무나 썰렁한 광주였다. 둥 둥 앞 대열에 전투풍물을 치고 있는 광주 친구의 모습. 그리고 펑! 펑! 최루탄 터지는 소리와 군화 소리. 그리고 한 무리가 쇠파이프를 들고 전경과 싸움을 했다. 잠시 그것도 5분을 넘지 못하고 자욱한 최루가스 속에 금남로는 전경들의 세상이 되었고 골목골목은 우리의 세상이 되었다. 골목 여기저기에 기침소리와 헛구역질하는 소리. 담배연기를 눈에 불어주는 모습. 아저씨들은 수돗물을 호수에 연결하여 골목에 뿌렸다. 그리고 잠시 후 다시 대열이 금남로에 가득 찼다. 1992년 광주는 나에게 그렇게 기억됐다.

2007년 5월 KTX를 타고 광주에 내렸다.

반갑게 맞아주는 중화형의 웃는 얼굴 그리고 철도간부들의 얼굴들이 하나 둘 보이기 시작했다. 광주역 앞에는 무대가 세워지고 전국노동자대회준비가 한참이었다.

"점심 먼저 먹죠. 이리로 오세요."

점심 식사 후 광주역에서 전국노동자대회가 열렸다. 대회사 투쟁사 축사. "5월 광주를 기억하자."

어둠이 내리고 광주시내로 행진을 시작했다. 교통경찰들이 차들을 정리하고 운전기사들은 얼굴을 찡그렸다. 스피커에 구호소리! 투쟁가 소리. 그리고 1980년 광주를 재현하기 위해 횃불을 들었다. 횃불을 들고 노동자들이 광주거리를 걸었다. 광주역에서 전남대까지. 횃불이 다 타올라 잦아들어갈 때 행진은 멈추었다. 5·18 광주를 기억하고자 하는 전국에서 모인 노동자들의 모습은 당당했다. 밤에 술잔을 기울이며 옆에 있던 친구의 한마디.

"시민들의 반응이 참 … ."

1980년 광주, 1992년 광주와 2007년 광주는 다른 모습을 하고 있다.

내가 철도에 들어온 1998년은 IMF시절이었고, 동기들은 20대 후반에서 30대 초반이었다. 2007년 지금은 30대 중반에서 40대 초반이 되었고. 공사 1기 후배들도 들어왔다.

1998년 신참이었던 그들은 2000년 공투본투쟁, 2001년 민주노조 선거 투쟁, 2002년 2·25 민영화저지투쟁, 2003년 4·20 투쟁, 6·28 파업, 2004년 12·3 특단협, 2006년 3·1 파업 그리고 임투 지금은 현장투쟁을 하고 있다.

철도노동자 생활 10년차 참 많이 변했다. 그것을 인정하기 싫지만 변화를 인정하는 것부터 해야 할 것 같다. 나도 총각에서 결혼을 하고 조금 있으면 애 아빠가 된다.

복직하면

김영준 ㅣ 영등포관리역지부

1998년에 철도에 들어와 현장에서 일한 건 만 4년이 안 된다. 그 보다 오랜 세월을 조합 전임자와 해고자로 살았다. 그래서 '복직하면'이란 단어가 멀게 느껴진다.

현장의 기억은 '끔찍했던 철야 맞교대, 단순하고 반복적이며 재미없던 일, 고압적이고 비합리적인 관리자들의 태도'를 포함한다.

24시간 일하고 24시간 쉬는 철야 맞교대는 가장 견디기 어려웠다. '철야 맞교대가 사실은 더 편하다'는 주장을 하는 선배들을 보면서 내가 철도에서 계속 살다간 집과 직장만을 오가는 선배들의 삶이 내 삶이 될 지도 모른다는 생각에 끔찍했었다.

다행히 3조 2교대가 됐다. 이젠 철야 맞교대로 돌아가지 않아도 된다는 사실에 안도하고, 현장에선 한 달에 두 번 있는 지정휴일을 쓰는 경우가 거의 없다는 말에 낙담한다.

내가 겪은 철도일은 반복적이고 단순하다. 매표도 집표도 입환도 해봤고, 운전 업무도 조금은 맛을 봤다.

제복을 입고 매표창구에 앉아 하루 종일 표를 파는 일은 특히 그렇다. 몸으로 뛰는 수송은 나름대로의 매력이 있기도 한데, 아이까지 둘이 생기고 보니 아무래도 위험한 일을 할 수 없겠다 싶다. 운전 업무도 상대적으로 나은 편인데, 객관적인 배치 기준이 없는 철도 현실에서 운전업무를 하기 위해선 특별한 인연이나 빽이 있어야 한다. 관리자들에게 잘 보이지도 못했고, 노동조합이 가끔 빽이 되는 현실을 싫어했으면서 나도 똑같이 노동조합을 그렇게 이용해 먹기도 싫다.

생각해 보면 인간적이고 합리적인 관리자들도 많았다. 관료적이고 패거리적인 철도문화에서 수십 년을 살면서 어떻게 그럴 수 있었을까 싶기도 하

다. 그러나 또 많은 관리자들은 그렇지 않았다. 무능하면서 탐욕스럽고, 무능한 만큼 더 충성심에 불타고 부하직원을 군대의 쫄따구 정도로 여기는 관리자들도 있었다.

지난 6년여의 민주노조는 이들을 어떻게 바꿔놓았는지 궁금하다. 많이 바뀌었을 거라는 기대와 달리 얼마 전 만난 동료는 아직 역에 근무하는 역장이나 관리자들은 거의 변하지 않았다고 전한다. 실망스러웠다. 그러면서도 내심 그 동료가 좀 과장했을 거라 생각한다.

난 천지개벽을 믿지 않는다. 그냥 지금 현실이 좋아졌으면 좋겠다. 밤중이나 주말이나 구분 없는 철도의 근무체제가, 가치를 느끼기 어려운 일이, 비합리적인 관리자가 바뀌었으면 좋겠다. 고용안정도 중요하지만, '고용안정'이라는 구호만으로 구체적인 삶의 문제들을 외면하는 철도노조의 최근 경향도 마음에 들지 않는다.

복직하면 누가 뭐래도, 월급이 줄어도 지정휴일을 다 쓰고 싶다. 그러면서 아이들이랑 놀기도 하고, 그냥 빈둥대면서 살고 싶다.

배부른 해고자가 되지 않기 위하여

이종열 ㅣ 청량리시설관리지부

해고된 지 벌써 4년이 되었지만 지방본부에서만 계속 일하다보니 생활에서 크게 달라진 게 없다. 달라졌다면 해고되기 전에는 현장에서 재충전하는 기회가 있었지만, 지금은 힘들어도 돌아갈 수 있는 현장이 없다는 것뿐이다. 현장에서 함께 일하면서 호흡할 시간이 없다는 것이 해고자로서 느끼는 제일 큰 안타까움일 것이다.

내가 해고자로서 자존심과 당당함을 생각할 수 있는 것은 철도노동조합이 있고, 조합원이 있기 때문이다. 현장에서 함께 일할 수는 없지만 조합원과 함께 투쟁할 수 있다는 것이 얼마나 행복한가? 해고자는 현장업무를 신경 쓸 일도 없다. 더 이상 징계를 걱정할 필요도 없다. 어쩌다 경찰서라도 가게 되면 좀 쉬었다 나오면 된다. 오로지 조합원을 믿고 투쟁만 생각하면 된다. 힘들 땐 사측이 더 열심히 투쟁하라고 배려해줬다고 생각하면 된다. 이것이 철도 해고자의 특권이라고 생각한다.

하지만 힘겹게 투쟁하는 해고자, 특히 아무런 잘못도 없이 비정규직이라는 이유로 쫓겨나서 생계와 투쟁의 이중고 속에서 목숨을 걸어야 하는 비정규직 해고자들의 투쟁 앞에선 고개를 들 수가 없다. 함께 투쟁하지 않는한 그들에게 나는 대공장 정규직 배부른 해고자일 수밖에 없기 때문이다. 특히 민주노조 건설 이전의 어려웠던 과거에 우리가 받은 것을 생각하면 더욱 그렇다.

나는 내가 원하는 대로 투쟁할 수 있어 누구보다 행복한 해고자다. 하지만 배부른 해고자가 되지 않기 위해, 조합원 앞에 부끄럽지 않은 해고자가되기 위해, 부족하지만 나의 역할을 되새겨 본다.

두 번의 해고통지서

김갑수 | 일산열차승무지부

1994년 7월 나는 입사 2년 6개월 만에 첫 번째로 해고통지서를 받았다. 당시의 해고사유는, 민주노조 건설을 외치며 대의원에 당선되어 숙직실 모포에서는 비린내가 나고 벼룩이 살고 있어 피부가 벌겋게 되도록 긁어대는 현실이니 '모포를 세탁해 달라는 것'과, 1년에 열 명 이상이 입환 중 사고로 죽어나가는 현실에서 '안전취약지역에 자갈을 깔아달라는 것'과, '구내 위험시설에 야광페인트를 칠해 달라는 것' 등의 대의원 활동이 전부였다. 그리고 '조합원들을 선동해서 전국기관차협의회 파업 관련 집회에 참석했다는 것'이다.

지금 생각해보면 웃음밖에 나오지 않는 이 당연한 요구안도 거부당해서 서울역 수송원들과 역장실로 항의방문을 가고 난리를 피웠다. 저들이 두려워한 것은 아마 민주노조운동의 불길이 철도에 활활 타오르는 것이었으리라. 그러기에 파면이라는 중징계를 하였으리라. 1994년 6·23 파업 후 현장은 꽁꽁 얼어붙어버려 해고자들의 투쟁이란 것은 현장신문을 내는 소극적인 활동 외엔 할 수 있는 게 없었다. 그리고 혼자 생활하는 나도 밥값이 없을 정도로 어려웠는데 가족이 있는 해고자들의 생활고는 말로 표현할 수 없었을 것이다.

다행히 소청심사에서 3개월 정직으로 감해져 복직을 했다. 연천역에서 3년간의 유배생활을 거쳐 일산전동차 차장으로 발령받아 지부장을 하고, 노조 직선제투쟁 그리고 꿈에서도 불가능 할 것 같았던 민주노조 건설과 파업, 그리고 또 해고… . 정신없이 바쁘게 세월이 흘러갔지만 힘들기보다는 신명나는 시절이었다.

나는 민주노조의 소중함을 안다 지금도 조금은 어려움이 있지만 1994년 이후 몇 년간의 어려웠던 시절을 생각하면 시계를 거꾸로 돌려 그 시절로 돌아간다면 내가 다시 그렇게 활동할 수 있을까? 자신 있게 대답할 수 없다.

지금 나의 희망사항은 꼭 복직하여 조합원들 곁으로 돌아가서 함께 투쟁하여 민주노조가 철도에 영원히 빛나게 하는 데 힘을 보태는 것이다. 그리고 철도에서 정년퇴직하고 싶다.

그래, 이제부터 반격이다!

김상노 ｜ 서울관리역지부

나에게 수색은 마음의 고향 이상이다.

처음 내가 근무하던 곳은 문산역이었다. 경의일산선역연합지부장으로 당선이 되면서 나는 수색역 구내로 오게 되었다. 처음 하는 지부장으로서의 부담감은 수색구내의 낯설음과 함께 다가왔지만 지부는 잘 굴러가는 듯싶었다. 그런데 예상하지도 않았던 곳에서 문제가 발생하고 말았다. 정말 사소한 문제였다. 그냥 넘어가도 될 문제였다. 당시 한 여성간부가 지부장이 가져다 준 민주노동당과 관련된 포스터를 게시판에 부착했다. 역장이 추석 대수송기간 현장을 순시하다 포스터를 보고 철거할 것을 지시하였다. 그러나 상식적으로 생각해도 아무런 문제가 되지 않는다고 생각한 여성간부는 포스터를 철거하지 않았다. 역장은 여직원을 징계하겠다고 나섰다.

발생 초기 나는 허둥댔다. 싸워야 한다는 내 자신의 당위성과, 지부장의 정치력으로 해결하라는 조합원들의 주문 사이에서 갈등했다. 솔직히 투쟁을 조직할 자신이 없었다. 먼저 정치적 타결을 시도해 보았다. 하지만 지부를 길들이기로 마음먹은 저들의 속내는 금방 드러났고, 징계국면으로 나아가기 시작했다.

졸지에 나는 포스터 한 장 붙인 일로 징계를 당하는 것조차 막지 못하는 무능한 지부장이 되어버렸다. 그러나 이 여성조합원은 여성에게 혹독한 노동조건인 수색 수송원으로 들어왔다가 유산의 쓰라린 경험을 한 조합원이었다. 2·25 파업이 끝나고, 남성 동지들에게는 말도 꺼내지 못하는 각서를 유독 이 여성동지에게만 작성하라는 팀장의 지시를 거부하여 내근에서 힘든 현장으로 다시 내려왔던 조합원이었다. 투쟁을 하지 않으면 불합리가 정상으로 둔갑하고 징계를 받은 조합원은 우리 곁을 떠나야 하는 것이다.

그러나 징계날짜가 다가오자, 여성동지 한 사람의 문제가 아니라는 인식이 확산되기 시작하였다. "이대로 물러설 수 없다. 뭔가 해야 한다."는 생각들이 수송과 조합원들 사이에 형성되기 시작하였다. 그 밑바닥에는 그동안 관리자들에게 받아온 분노(4급 서기관 역장의 권위주의적 행동, 팀장의 무소불위의 전횡)가 있었다. 부당함은 소문도 빨리 퍼지는가 보다. 당시 수색지구 다른 지부 지부장들과 조합원들도 싸울 수밖에 없다는 사전 교감들이 무르익어갔다. 이러한 점들은 나에게 잃었던 자신감을 회복시켜 주었다. 철도청의 1개월 감봉 징계가 내려오고 나서 수색은 불에 기름을 붓는 격이 되고 말았다. 수색지구 4개지부의 확대간부회의가 열렸고, 여기에서 우리의 요구안과 투쟁전술이 결정되었다.

역장실 앞에서 몇 차례의 집회 끝에 11월 중순경 역장실 앞에서 천막농성을 시작하였다. 나는 연가를 신청하였고, 관리자들은 역구내에서 지부장이 무슨 연가냐고 만류하였지만, 조합원들에게 결연한 의지를 보이기 위해선 그 길밖에 없다고 생각했다. 당연히 승인이 나지 않았고, 무단결근 처리가 되었다. 이러한 마음이 조합원들에게 전달이 되었는지 농성장이 꾸려지자 조합원들은 천막 안에서 스스로 농성조를 짜기 시작하였고, 서울기관차, 서울차량, 수색차량 조합원들은 자기 지부일보다 더 열심히 결합하였다.

그러나 철도청은 물러서지 않았다. 오히려 더 강경하게 나왔다. 여성동지를 분당선의 역무원으로 발령을 내놓고, 수송원에서 역무원으로 갔으니 영전시킨 것이라며 투쟁을 무마하려 하였다. 하지만 우리의 요구는 부당전출을 하지 말라는 것이었다. 더 이상 대화를 할 수 없었다. 조합원들의 열기가 더욱 뜨거워지기 시작하였다. 결국 철도청은 11월말 수색역장을 제천역장으로 발령을 내었다. 하지만 부당전출은 철회하지 않았다. 끝까지 철도청

은 잘못을 인정하지 않으려 하였던 것이다.

그렇게 며칠 시간이 갔고, 드디어 12월 초 수색지구 안전운행투쟁이 시작되었다. 처음에는 조합원들이 과연 할 수 있을까 했다. 그러나 나는 그 역동성에 놀랐고, '의심하고 흔들린 것은 나였지 조합원이 아니다.' 라는 교훈을 얻었다. 고참 비조합원이 시간절약을 위해서 기관차 여러 대를 한 번에 넘기려고 연결해 놓은 중련기를 과감하게 잘라서 넘어가는 모습, 거의 기는 편이 낫다할 정도의 기관차 운행속도, 규정검수로 힘듦을 마다않는 차량조합원과 규정속도로 운전하는 기관차 동지들의 모습 속에서 우리는 동지임을 확인할 수 있었다.

이틀 째 조합원들이 안전규정을 지키자 서울역에서 열차입출고가 지연되기 시작하였다. 마침 언론에서도 보도가 되었다. 투쟁강도가 높아가던 3일차 되는 날 철도공사가 백기를 들어 합의를 하게 되었다. 그러나 아쉬움이 있다면 당시 합의를 하면서 조합원들과 함께 결정을 하지 못한 점이다. 조합원들에게 비판을 받고 나서야 내가 한 행동이 '직권조인'임을 깨달았다. 또다시 조합원들이 나에게 많은 것을 가르쳐 준 것이다. 두 달 뒤 전출 갔던 동지는 우리 지부 정발산역으로 돌아오게 되었다. 이 투쟁에 앞장섰던 수색지구 지부장들은 6·28 파업 뒤 모두 파면되었다. 이 투쟁은 해고 4년차인 나에게 아직도 현장성을 잃지 않고 활동해야 한다는 교훈을 주었다. 그리고 복직의 희망을 갖게 하는 힘이었다.

나는 함께 투쟁하다 해고된 지부장들과 함께 손을 잡고 수색으로 돌아

갈 것이다. 함께 한 조합원들을 만나 "당신들이 나의 희망이었으며 버팀목
이었다."고 "이제 또다시 반격은 시작될 것"이라고 말하고 싶다.

2004년 국가보안법 끝장단식을 돌아보며

정용진 | 수색차량지부

1948년 12월 국제연합 총회에서 채택된 세계인권선언 제18조는 "사람은 누구를 막론하고 사상, 양심 및 종교의 자유를 향유할 권리를 가진다."고 규정하고 있다. 그러나 불행히도 바로 그 해 그 순간 1948년 12월 1일 대한민국에서는 시대의 악법인 국가보안법이 제정됨으로써 반인권, 반민주, 반통일의 비극적 씨앗을 뿌리며 전 세계의 보편적 발전과 정반대의 길을 걷기 시작하였다.

21세기에도 끈질기게 살아있는 악법 중의 악법 국가보안법 폐지를 위해서 2004년 한겨울 단식농성을 함께 했던 모든 이들을 소중하게 기억하고 간직한다. 2004년 연내에 시대의 악법 국가보안법을 이 세상에서 사라지게 하기 위해 국가보안법폐지국민연대를 중심으로 시민, 사회단체, 청년학생 동지들 그리고 노동조합 간부, 일반시민들이 전국에서 모여 구성된 1,000인 끝장단식단은 체감온도 영하 20도의 강추위에도 불구하고 국가보안법 없는 2005년 새해를 맞이하는 집중투쟁을 전개하였다.

서울로 상경하기 어려운 사람들은 각 지역에서 거점을 마련하여 국가보안법 끝장단식을 전개하였다. 26일 동안 단식을 하신 분들이 많이 계셨는데 나는 17일 동안 단식을 하였다. 우리는 여의도공원 차가운 아스팔트 위에 펼쳐진 수십 동의 대형천막에서 생활하였다. 한강에서 불어온 매서운 칼바람을 동지들의 체온으로 지켜내었던 우리 모두는 자랑스러운 동지들이었다. 국회 앞 노숙농성, 출퇴근 선전전, 열린우리당 항의방문, 한남동 김원기 국회의장 공관 직권상정 촉구방문, 국회 진격투쟁, 광화문 촛불집회 등등의 치열한 투쟁으로 당시 국회에서는 국가보안법 개폐문제가 최대 쟁점으로 부각되었다. 국가보안법은 수구보수 세력들의 저항으로 아직까지 살아남았지만 끊어질랑 말랑한 파리 목숨으로 연명하고 있을 뿐이다.

우리의 투쟁은 실패했지만 승리했다.

우리의 피어린 투쟁으로 국민들 속에 국가보안법폐지에 대한 공감대를 만들어냈다. 수세적인 국면을 주동성을 발휘하여 공세적인 국면으로 전환시켜 내었고 향후 투쟁 승리를 위한 토대를 구축하였다.

단식보다 복식이 더 힘들다고 한다. 복식이 힘들다고 해서 단식이 쉽다는 얘기는 아니다. 나는 개인적으로 세 번의 단식을 하였다. 철도노동조합 활동을 하면서 두 번을 하였고, 시대의 악법 국가보안법 끝장내는 단식을 한 번 하였다. 결과적으로 세 번의 복식을 다 실패하였다. 먹고 싶다는 욕구가 식욕인데 인간이 살아가는 데 있어서 꼭 필요한 것이다. 식욕이 없는 사람은 체력이 떨어져서 병을 쉽게 얻을 수가 있다. 장기간 단식으로 기력이 빠진 몸은 음식을 간절히 요구하지만 갑자기 단식 전에 일상적으로 먹었던 음식을 먹게 되면 몸이 적응하지 못하면서 큰 탈이 난다. 그래서 단식 기간보다 두 배 내지 세 배의 기간 동안 음식의 질과 양을 조절해서 섭취해야지만 원래의 몸으로 복귀 하는 것이다. 복식을 어떻게 하느냐에 따라 사람의 체질이 변하기도 한다. 체질개선이나 몸이 안 좋은 사람들이 치료목적으로 하는 단식은 건강을 목적으로 하는 것이기에 복식 또한 단식 프로그램에 체계적으로 계획되어 있다.

그런데 투쟁으로 하는 단식은 언제 끝날지 계획되어 있지 않고, 건강을 목적으로 한 것이 아니기에 웬만한 의지가 있는 사람이 아니면 복식을 잘하지 못한다. 복식을 잘 못한 사람은 후유증이 반드시 따라온다.

다시는 단식하는 일들이 없었으면 좋겠다. 하지만 주주자본주의가 판치고 있는 신자유주의 세상에서 끝없이 나락으로 떨어지고 있는 민중들의 삶이 지금보다 나아지기 위해서, 돈이면 안 되는 것이 없는 타락한 세상을 바꿔내기 위해서 투쟁을 하다보면 단식할 기회가 또다시 생기기도 할 것이다. 그때는 복식 또한 단식을 결의한 마음처럼 할 것을 간곡히 바란다.

6·28 파업이 가르쳐준 철도노동자의 저력

조상수 | 청량리자구전기지부

철도청에 입사한 지 겨우 4년 만에 6·28 파업으로 해고되었다. 그리고 이제 해고된 지 다시 4년의 세월이 흘렀다. 언뜻 현장에서 진짜배기 철도노동자가 되어보지도 못하고 해고노동자가 된 것 같아 아쉬움이 들기도 한다. 그러다가 6·28 투쟁의 한복판에서 온몸으로 느낀 철도노동자의 저력을 생각하면 지금도 설렘과 함께 철도노동자로서의 자부심이 되살아난다.

노무현 정권은 6·28 파업을 전혀 예상하지 못했다. 6월에 기습적으로 철도공사법안 처리를 하면 철도노조가 파업을 하지 못할 것이라는 판단 하에 '철도구조개혁은 철도노조와 충분히 협의를 통해 추진하겠다.'는 4·20 합의를 파기하였다. 노무현 정권은 자신들이 노정합의를 파기하면서 6·28 파업의 원인을 제공하고도 "노조가 뒤통수를 때렸다."느니, "정권을 시험한다."느니 하는 적반하장의 언론공세를 펼치기도 하였다.

당시 노조 정책실장이었던 나도, 6월 2일 이호웅 의원의 요식적 입법 공청회를 통해 정부의 6월 입법 강행 의도가 뚜렷해진 이후, 법안처리까지 불과 20일도 안 되는 짧은 기간에 2만 5천 철도노동자가 얼마나 위력적으로 총파업에 나설 수 있을 지 장담할 수 없었다.

지도부의 투쟁지침에 따라 2·25 파업을 능가하는 파업대오가 구축되어 가는 역동적인 과정을 보면서 나는 철도노조 조합원 대중에 대한 무한한 신뢰를 느끼게 되었다. 1987년 노동자 대투쟁, 1996~97년 노동법 개악저지 총파업처럼 역사적인 고비마다 노동자 대중의 저력을 보여주었듯이, 100여 년만의 일방적 '철도구조개혁'의 고비에서 철도노동자 대중의 저력을 보여준 것이다. 결국 4·20 노정합의 파기에 대한 분노와 공공철도 건설의 염원을 모아 1만여 철도노동자가 '상업적 철도공사화 일방 입법 저지' 6·28 파업에 떨쳐나섰다. 그리고 무자비한 공권력 투입과 연행에도 불구하고 강고한 산개투쟁으로 국회에서 법안이 통과될 때까지 4일간 완강한 총파업을 전개하였다.

나는 6·28 파업을 통해, 탄압할수록 더욱 강해지고, 짧은 기간에 2만 5천 전국단위 총파업을 조직할 수 있는 저력을 가진 철도노동자임을 자랑스럽게 생각하게 되었다.

남는 장사

조세광 | 서울시설관리지부

홍연이 형이 나를 부른다. "지부장님, 이정도로 정리해야 될 듯한데요." 나는 조용히 집행부의 얼굴을 둘러본다. 다들 수긍하는 분위기다. 유독 복지부장만이 "아니, 끝까지 가기로 했으면 끝까지 가야지!" 투덜거리며 합의 타결을 불만스러워하는 분위기다.

2003년 5월 천막농성에 돌입하고 마지막 합의를 앞둔 집행부회의의 분위기였다. 한 조합원의 공상처리를 놓고 벌어졌던 사무소와의 갈등이 해를 넘겨 이어졌다. 사건의 전말은 지금 이야기하면 아무것도 아닌 일인데 그때는 목숨을 걸고 해야 하는 일이었다.

사족을 하나 달자면 내가 지부장이 되고 처음 사무소 관리팀장을 만났을 때 관리팀장이 하는 말이 이렇다. "세상에 불합리한 일이 한 두 가지가 아닌데 그걸 다 해결 수 없잖아요. 둥글게둥글게 푸시고, 앞장 서지 말고

중간에 서 주세요." 진심어린 충고였다. 하지만 내가 생각해도 나는 덜떨어진 놈 인 듯하다. 관리팀장에게 "세상에 불합리한 일들이 많지만 그래도 살만한 건 불합리한 걸 목숨 걸고 고치는 미친놈들이 있어서 살만한 겁니다."라고 했다.

당시 현장은 일하다가 다치면 자신의 돈으로 치료하고 치료가 안 되면 연차휴가, 병가 다 쓰고서도 안 되면 휴직계 내는 게 비일비재했다. 2002년 지부장이 된 이후 집행부와 같이 목표로 삼은 건 '안전하게 일할 권리'를 찾자는 것이었다. 그러던 차에 부천에서 한 조합원이 현장으로 가기 위해 고상홈에서 뛰어내리다가 허리를 다친 사건이 발생했다.

조합원이 분소에 '공무상재해' 신청을 했다. 그러나 분소장의 강압으로 반려된 상태였다. 사무소와 분소를 오가면서 이 일을 해결하려 했으나 오히려 사무소와 분소는 예전의 타성으로 조합원의 '공상처리 포기각서'를 받는 어처구니없는 사건이 발생했다.

이 일을 계기로 산업안전보건위원회를 소집하고 산업안전보건법 위반으로 고소 고발하는 등 우선의 조치를 취하였다. 사무소 측은 뜻하지 않은 저항에 당혹해 하면서 일이 커지는 걸 막기 위해 당장의 조치만 취하려 했다. 하지만 사무소 측의 타성을 깨지 않는다면 일상적인 일이 새로운 틀로 자리 잡히지 않을 것 같아 책임자 처벌에 대한 건에 대해 물러서지 않았다. 사무소장이 바뀌고 나서야 그 문제가 해결되었다. 분소장에 대한 책임추궁이 성사되고서 합의서에 도장을 찍을 수 있었다.

그리고 해를 넘겨서 사무소장이 또다시 바뀌고 나서 문제가 되었던 분소장을 장비쪽 분소로 발령을 내는 일이 발생하게 된다. 합의서에는 타 사무소로 발령 내기로 되었지만 시일을 정하지 않은 게 화근이었고 차일피일 미루다가 새로운 사무소장이 오면서 지부와의 약속을 어기고 자 사무소로 발령을 내었던 것이다. 긴급하게 집행부회의를 소집하고 사무소에 항의를 하였지만 사무소는 이미 공문처리를 하였으므로 철회할 수 없다는 입장 표명뿐이었다. 산업안전보건위원회를 한다고 해도 이미 깨지지 않은 무기(공인된 서류를 철회할 수 없다.)로 압박해 들어온다면 길은 하나밖에 없다는 생각을 하였다. 그래서 천막농성에 돌입하게 된 것이다. 지금이야 천막농성이 쉽지만 그 당시 집행부들은 징계를 각오해야 했다. 또한 천막농성의 위치가 애매했다. 서울지역사무소에 지부사무실이 있는 관계로 서울지역사무소 앞에 떡하니 천막을 설치해야 하니 어마어마한 부담이 아닐 수 없었다. (이는 천막농성에 돌입하고 나서 오히려 문제해결의 도움이 되었다. 서울지역사무소 앞이다 보니 사무소장도 엄청난 부담을 느낀 것이다.) 근무지 이

탈에 온갖 법칙을 들어서 압박을 할 것이고 장기화 될 수 있으므로 집행부들은 많은 갈등을 했다.

천막농성에 돌입하고 보니 오히려 마음이 편해졌다. 이왕 가는 길 끝까지 가자는 입장이었고 집행부들도 단단히 마음을 먹은 걸 보니 든든했다. 천막농성 돌입 하루 만에 산업안전보건위원회를 열고 산업안전보건위원들의 상시적인 회의를 핑계로 업무협조를 받아내었다. 일주일도 채 되지 않아 고상홈에 계단설치 건을 제외하고 모든 사안을 해결할 수 있었다.

꿈같은 일주일이었다. 그리고 그 때 얻은 많은 교훈들이 있다. 결국 천막농성이 나의 해고의 중요한 사항이 되었으니 "칼로 이룬 자 칼로 망한다.(?)"가 맞는 것 같다. 그러나 천막농성을 통해 집행부 한 사람 한 사람이 지금은 중요한 일을 하고 있다. 서울지사, 영등포지사, 원주지사에서 노동조합의 중요한 사람들로 자리매김하고 있다. 중요한 투쟁을 통해 중요한 사람들이 남았으니 남는 장사가 아닌가! 박해철 지부장, 최세영 지부장, 김홍연 지부장, 박해민 전 지부장 너무나도 소중한 사람들이다.

그리고 중요한 교훈 한 가지 더 있다면 저들은 너무 약속을 안 지킨다는 것이다. 우리에게 힘이 없으면 언제든 뺏는다는 이야기다. 해고자 복직 약속은 언제 지키려나 궁금하다. 지들 규정은 중요하고 노동자와의 약속은 깨도 무방한가?

해고될 때는 그래도 삼십대였는데

홍선표 ┃ 서울열차승무지부

요즘은 내가 몇 살인지 가끔 헷갈린다. 호적으론 1967년인데 집에선 1966년생이라고 하니까 집 나이로는 마흔 두 살이고 나 또한 그렇게 익숙해져 왔다. 그런데 요즘은 누가 나이를 물으면 1967년생이라고 말할 작정이다. 예전엔 한 살 한 살 더 먹어가는 것이 분명해서 자기 나이를 잊어버릴 일이 없을 거라 생각했다. 그런데 사십을 넘고부턴 이게 헷갈린다. 아마도 제 나이를 인정하고 싶지 않은가 보다. 결혼도 못하고! 나이 사십이 끔찍하다. 한때는 세상 겁나는 게 없었는데 삼십을 지나고 사십을 넘어서니까 이것저것 걱정만 늘어간다.

얼마 전 한국 남자의 평균수명이 84세라는 신문보도를 봤다. 정확한 표현인진 모르지만 최저생계자들 대부분이 '노인세대 가족'이란 기사도 있었다. 그러니까 58세에 퇴사한다면 길고도 긴 여생을 지낼 마땅한 수입이 없다는 거다. 생전 처음으로 난 노후에 대해 고민하기 시작했다. 복직이 돼도 신규채용 형식이기 때문에 공무원연금으로 재가입이 불가능하다는 사실도 엊그제 알게 됐다. 남은 생을 잘 정리해 나가야 할 나이란 생각이 들자 좀 쓸쓸해지긴 했지만 뭐 어떻게 하겠어? 가는 세월을 잡을 수도 없는 거고. 결국 이것저것 재본 후에, 그래도 가장 유리하다는 국민연금에 가입했다. 10년 넘게 부었던 공무원연금은 날아가고 국민연금 1년차로 다시 시작하게 된 것이다. 며칠 전에 어느 교육 자리에 가서 이 얘길 했더니 정년연장투쟁이 답이라고 어떤 조합원이 말했다.

하는 일이 서울지방본부 교육국장이니까 조합원 만날 일이 많다. 싸우고 있는 중이니까 우리의 요구와 투쟁방침에 대해서, 그리고 요구안 중 하나인 '해고자복직과 원상회복'에 대해서도 말하고 다닌다. 해고자 '원상회복'은 얘기한지 얼마 안 된 주제다. 그러니 조합원들은 원상회복에 대해 잘 모른다. 10년 만에 해고당시의 직급과 호봉으로, 일부는 오히려 하위직급으로 복직했더니 입사동기와 삼백만원의 월급차이가 나더라고 몇 개월 전에 만

난 복직선배가 그랬다. 밀린 연금 몰아서 붓고 이것저것 떼니까 돈 백도 안 된다는 것이다. "애들은 그 사이 다 커서 돈 들어갈 데는 더 많아졌고, 퇴직 이후의 노후설계는 사치스런 얘기"라며 "월급날마다 열 받는다."고 씁쓸하게 웃던 그 선배의 옆모습이 지금도 잊혀지지 않는다. 생활이 안 되니까 새벽에 '세차' 아르바이트를 한다는 누구의 소식도 남 일 같지 않다. 누가 알아달라는 것도 아니고, 지가 좋아서, 지 신념에 따라 '총대'멨지만 현실은 해고자들 각각의 신념을 시험하고 괴롭힌다.

복직자들과 해고자들의 현실적 고통을 그들 개별의 문제로 방치해선 노동조합의 발전을 기대하기 어렵다. 우리의 노동조합과 투쟁을 더욱 발전시키기 위해 현장으로 복직되어 열심히 투쟁하는 해고동지들을 생각해 본다.

저항은 지금도 계속 된다

김귀현 ｜ 서울기관차승무지부

2005년 1월 철도공사의 출범을 앞둔 상황, 전국 주요 역은 화려한 홍보와 행사가 이어졌다. 언론도 예외는 아니어서 "100년의 역사를 마감하고 국민에게 다가가는 새로운 철도로 거듭나게 됐다."며 공사 출범을 축하했다. 홍보와 선전문구만 보면 철의 실크로드시대가 공사 출범과 더불어 도래한 착각이 들 정도였다.

그러나 철도를 상징하는 서울역 대합실의 한복판에는 철도해고자의 장기농성이 이어지고 있었다. 바로 정부와 철도공사가 쏘아 올린 축포의 이면에 해고자의 눈물이 고스란히 담겨 있음을 알리기 위한 고육책이었다. 2004년 12월부터 63일간 계속된 철도노동자 최초의 서울역 농성은 이렇게 시작되었다. 당시 철도해고자는 88명. 해고자들은 조를 나눠 철야로 서울역 대합실을 지켰다. 새벽 6시 기상, 주변을 정리하고 출발하는 열차에 올라 홍보물을 나눠줬다. 그리고 열차 운행이 중단되는 밤 12시께 하루 일과를 마치고 서울역 대합실에서 취침을 했다.

장기농성은 서울역을 오가는 시민들의 관심을 끌기에 충분했다. 외국 언론에서 취재를 오기도 하고 부산에서 활동 중인 할아버지 중창단이 시간을 내 위문공연을 오기도 했다. 특히 현장에서 일하는 동료들의 방문은 해고자의 투쟁에 힘을 보태기에 충분했다.

그런 모든 분들의 힘이었을까. 매우 예외적으로 사장은 해고자와의 직접교섭에 나섰고 "한 번에 전부를 복직시키기는 어렵지만 복직에 원칙적인 동의를 한다."고까지 말하곤 했다. 그리고 말만 요란했던 초대 철도공사 사장은 유전게이트로 감옥에 갔다.

3년이 지난 지금 절반의 동지들이 복직했다. 그러나 47명의 동지들은 복직의 꿈을 이루지 못하고 아직도 해고자 신분으로 남아있다.

철도의 모든 해고자가 그렇지만 남아있는 47명의 해고자도 개인의 이익이 아닌 철도의 안전과 공공성을 중요시 했다. 2003년 6월 파업을 주도했던 이들이 주장한 것은 '고속철도 건설비용의 국가부담과 열차안전을 우선하는 정책 수립'이었다. 우리의 주장은 채 3년도 안 되어 노무현 정부에서 고스란

히 인정하고 있다. 당시 우리가 내세운 주장에 귀를 기울였더라면 대통령까지 나서 문제의 심각성을 역설하지 않아도 됐을 것이다.

벌써 4년이 되었다.

그러나 눈만 감으면 아직도 합의를 어기고 탄압으로 일관한 당시의 상황이 생생하다. 그리고 이내 억울함이 밀려온다. "왜, 해고됐냐?"는 자문에 답하기가 쉽지 않기 때문이다. 정치인들처럼 돈을 받은 것도 아니고 비리를 저지른 것도 아니다. 다만 "열차의 안전이 소중했고 철도의 상업화는 막아야 하며 모든 국민이 편리하게 이용하도록 운영체계를 바꾸고 요금을 인하해야 한다."는 요구를 하고, 때에 따라선 저항을 했을 뿐이었다. 이런 요구가 평생을 바친 일터에서 쫓겨나야 할 정도의 중죄(?)에 해당하는지 정말 이해하기 힘들다.

이제 돌아가야 한다.

그리고 현장에서 다시 시작해야 한다. 해고되면서까지 주장하고 저항했던 열차안전과 공공성의 대 명제는 지금도 진행형이다. 아직도 우리의 저항은 끝나지 않았다.

지금 누가 내게 소원 한 가지를 묻는다면

김상현 | 서울기관차승무지부

해고된 지 벌써 4년이 지났다. 입사한 지 3년 만에 해고됐으니까 철도에서 일한 기간보다 해고자로 지낸 기간이 더 길어진 셈이다.

해고된 뒤 철도 현장은 많이 변했다. 고속철도가 개통되고 철도청이 공사로 바뀌었다.

언젠가 서울역에서 서울기관차 조합원을 만난 적이 있다. 요즘 차타기 힘들다고 하소연을 해서 다이아(월 승무계획표)를 한번 보자고 했다. 한 달에 S(휴무)가 10개가 넘었다. 내가 지부 다이아를 탔을 때는 S가 단 하루도 없었다.

해고된 뒤 은행에 신용대출 연장하러 갔을 때 해고되었다는 사실을 처음 실감하게 되었다. 대출을 연장하려면 보증인을 세워야 한다는 것이었다. 결국 친구 한 명을 보증인으로 세우고 대출서류를 작성할 때 직업란에 '무직'으로 써넣었다. 해고 돼서 좋아진 점이 하나 있었다. 부모님이 맞선 보란 얘기를 꺼내지 않는 것이다. 짤린 사실을 모르는 주위 사람들이 선보자는 제의를 해오곤 했지만 부모님이 알아서 물리치셨다. 그럴 때마다 꼭 잊지 않고 하시는 말씀이 있다. "언제쯤 복직 하니?"

2003년 6·28 파업 이후 현장은 말 그대로 초토화 되었다. 철도청은 징계의 칼날을 마음껏 휘둘렀고 '정직', '감봉'은 징계로 여겨지지 않을 정도였다. 속절없이 당할 수만은 없어서 나를 포함해 해고자 몇 명과 가족들이 국가인권위원회 사무실을 점거하고 단식농성에 들어갔다. 처음 해보는 단식투쟁이었다. 8일 동안 몸무게가 8kg이 빠졌다. 단식을 끝내고 2주간 복식을 하고 나니 노동조합 활동으로 나빠진 건강이 꽤 좋아졌다. 그 후로 난 단식 예찬론자가 되었다.

어머니가 당뇨 합병증으로 입원을 하고 결국 수술까지 받으셨다. 한동안 서울기관차지부로 출근하지 못했다. 어머니가 퇴원하신 후 얼마 안 있어 이번엔 아버지가 많이 편찮으셨다. 해가 바뀌어 2004년이 되었다. 집안 사정도 있고 해서 지부로 출근하는 날보다 그렇지 못한 날이 훨씬 많았다. 서울기관차지부 교선부장을 다시 맡게 되었다. 하지만 얼마 안 가서 잠수를 탔다. 특별한 이유가 있었던 것은 아닌데 출근하기가 싫었다. 몇 개월 동안 두문불출하며 집안에만 틀어박혀 지냈다. 단식으로 빠진 살도 다시 원위치 되었다. 어느덧 여름이 되었다. 지부 간부 두 명이 우리 집 앞까지 찾아왔다. 날 잡으러 온 것이다. 그들에게 붙들려(?) 오랜 잠수생활을 끝내고 지부로 출근했다. 출근해보니 서울기관차지부는 다이아개악 저지투쟁을 벌이고 있었다. 투쟁은 지지부진 했고 지부 간부들은 자신감이 많이 떨어져 있었다.

조합원 투쟁조끼 착용을 앞두고 해고자들이 지부 사무실 앞에서 단식투쟁을 하기로 했다. 나와 한태경, 신선철 동지 3명이 단식을 했다. 나는 1년 만에 또다시 단식을 하게 되었다. 단식 투쟁 9일 만에 철도청에서 다이아개악을 철회했다. 어려운 조건에서 서울기관차 조합원들이 한 명도 빠짐없이 투쟁조끼를 착용했기 때문에 철도청도 손을 들 수밖에 없었다.

1년 전과 달리 이번엔 건강이 나빠졌다. 단식하는 동안 내내 줄담배를 피우고 운동을 게을리 한 탓이다. 복식이 끝날 즈음 물건을 들다 왼팔에 근육통이 생겼다. 잠을 제대로 못잘 정도로 아파서 집 근처 병원에 가서 물리치료를 받았지만 효과가 별로 없었다. 며칠 뒤에 갑자기 왼손이 안 펴졌다. 손가락을 전혀 움직이지 못했다. 대학병원에 가서 정밀진단을 받으니 운동신경을 다쳤다고 한다. 자연 치유되는 경우도 왕왕 있어 6개월 정도 경과를 지켜보자고 했다. 6개월이 지났지만 상태가 전혀 호전되지 않아서 결국 다음 해에 수술을 받았다. 수술도 처음이거니와 병원에 입원한 것도 난생 처음 겪는 일이었다. 수술 받은 뒤에도 회복이 더뎠다. 3개월 정도 지난 뒤에야 손가락을 조금 움직일 수 있었고 6개월이 지난 뒤 간신히 손이 펴졌다. 생활에 지장이 없을 정도로 회복되는데 거의 1년이 걸렸다.

우연치 않게도, 내가 해고된 뒤 어머니, 아버지, 나까지 가족 모두가 수술을 받았다. 불행은 혼자 오지 않는다는 말이 생각날 법도 하지만, 해고가 되었기 때문에 그나마 부모님 병간호를 할 수 있었다고 위안을 삼는다.

해고된 이후 2년 동안 단식투쟁을 두 번 한 것 외에 별달리 한 게 없었다. 서울기관차지부 간부들과 조합원들에게 미안한 마음이 들었고 원직복직을 위해 쉼 없이 투쟁한 해고동지들에게 특히 미안했다. 팔을 다친 이후 1년 만에 출근을 했다. 이번엔 서울기관차지부가 아니라 철해투로 출근했다. 아직 팔이 완전히 회복되지 않아 매일매일 나가지는 못했다. 내가 재활에 매달려 있던 1년 동안 많은 일들이 있었다. 철도청이 공사로 바뀌었고 주5일제가 시행되었다. 함께 해고되었던 신선철 동지가 재판에 승소하여 복직하기도 했다. 한편 철도 현장에서도 비정규직 투쟁이 본격화되었다. 새마을호 승무원들에 이어 KTX 승무원들이 투쟁에 나서기 시작했다. 이런저런 변화에 적응하는 데 시간이 조금 걸렸다.

정기단협투쟁이 진행되는 와중에 철해투가 용산역에서 단식농성을 하기로 했다. 난 단식은 하지 않고 농성만 하기로 했다. 투쟁 일정이 다음 해로 미뤄지면서 단식농성은 5일 만에 끝났다. 새해(2006년) 들어 철해투는 대전청사 앞에서 천막농성을 시작했다. 3·1 총파업을 앞두고선 용산차량

지붕 위에서 고공농성을 했다. 난 여전히 팔이 완치되지 않아 지붕 아래 천막에서 농성을 하며 수발을 들었다. 2월 28일 마지막 교섭이 결렬되었다. 미조직비정규직특위 대표가 KTX 승무원들을 이문차량 기지로 안내해줄 사람을 파견해달라고 철해투에 요청해왔다. 나와 KTX 승무원들이 처음 지부를 만드는 데 산파 역할을 했던 최승우가 차출되어 승무원들을 이문차량 기지까지 인솔했다. KTX 승무원들과의 인연은 이렇게 시작되었다.

3월 1일 밤 수배 상태가 된 이철의 미비특위 대표가 날 찾아와서 KTX 승무원들의 산개투쟁에 결합해달라고 부탁했다. 난 별다른 망설임 없이 바로 승낙했다. 다음날 아침 산개투쟁 지침에 따라 KTX 승무원들과 함께 양평으로 갔다.

3월 4일 위원장의 현장복귀 명령이 내려졌다. KTX 승무원들은 총회를 열고 파업투쟁을 계속하기로 결정했다. 그 날 밤 부산 승무원들이 양평으로 합류했다. 이틀 뒤에 삼백 명이 훨씬 넘는 승무원들과 함께 상경했다. 서울로 올라온 뒤 며칠 전 다친 발의 상처 부위가 곪기 시작했다. 결국 용산중대병원에 일주일간 입원했다. 내가 입원해 있는 동안 승무원들에게 해고 통보 문자메시지가 날아 왔다. 승무원들은 이에 항의하며 서울지역본부 사옥을 점거했다.

승무원들뿐만 아니라 나 역시 길어야 한 달이면 끝날 줄 알았던 투쟁이 한 달이 지나 두 달이 되었고 결국 복귀하지 않고 남아 있던 280명 승무원 모두가 정리해고 되었다. 그리고 승무원들의 투쟁은 100일, 200일, 1년을 넘어 500일을 눈앞에 두게 되었다.

내가 해고된 지 4년이 지났다. KTX 승무원들이 해고된 지도 벌써 1년이 지났다. KTX 승무원 중에는 고작 3개월 근무하고 500여일 가까이 파업투쟁을 하고 있는 동지들도 여럿 있다. 예전에 KTX를 탔을 때 승무원이 사원증을 보자고 한 적이 있었다. 해고자라고 하니까 "해고자가 뭔데요?"라고 물어서 무지 답답해했던 기억이 있다. 내게 그렇게 물었던 승무원도 결국 해고자가 되었다.

지금 누가 내게 소원 한 가지를 묻는다면 단연코 KTX 승무원들을 원래 있어야 할 자리(철도공사 정규직 승무원)로 되돌려놓는 것이라고 말할 것이다. 나보다 그들이 먼저 현장으로 돌아갔으면 하는 것이 솔직한 바람이다.

산자와 죽은자

백남희 ｜ 서울열차승무지부

철도생활 10년, 그 중에서 해고기간만 4년이다. 조금만 더 있으면 철도 생활 중 해고기간이 절반을 넘어서게 된다. 그만큼 오래되었다. 물론 복직 하신 해고선배들을 본다면 길다고만은 할 수 없다. 철도해고자의 해고기간은 길기로 정평이 나있다. 10년을 넘겨 복직한 선배님들이 허다하고 15년을 넘긴 선배분들도 있다. 그 정도로 저들의 노무관리는 악질적이다.

난 1996년 여름 입사했다. 그리고 3명의 동료가 작업 중 사망하는 현실을 지켜봤다.

인천역 수송에서 함께 일했던 당시 24살의 김용희, 그와는 아침에 교대하며 나눠 마신 커피 한 잔이 전부였다. 그리고 의왕역 수송원 김남호, 나의 입사동기이자 임신한 부인을 두고 있었던 참 부지런한 친구였다. 또 유황식 서울열차 차장, 문산역 합숙에서의 늦은 잠이 이승에서의 마지막 잠이었다. 이 모든 일이 입사 후 3년 안에 발생했다.

당시만 해도 동료의 죽음이 너무나도 흔하던 시절. 하루가 멀다 하고 터지는 순직사고는 1년에 이삼십 명을 육박했다. 그러나 그 누구도 주목하지 않았다. 개인기업이라면 단 한 명의 노동자가 사망해도 여기저기서 난리일 텐데 철도만은 왠지 모르게 조용했다. 너무나도 적막해 오히려 이상할 정도였다. 잠시 모여 장례식을 치루고 아무 일 없다는 듯이 동지가 죽어간 현장으로 내몰렸다. 열차도 평소와 다름없이 동료의 핏자국이 선연한 선로를 질주했다. 인간의 감성도 이성도 그 곳에는 존재치 않았다. 오직 열차가 제시간에 운행되어야만 한다는 단 하나의 목표만이 존재했고 철도노동자는 그 목표를 이루기 위한 수단에 불과했다.

불과 칠팔 년 전의 일이다. 난 아직도 잊을 수 없다. 어린 나이에 세상을 알기도 전에 죽어간 융희를 잊을 수 없고, 임신한 부인을 두고 연결기에 몸이 끼어 하루아침에 머나먼 곳으로 떠나버린 남호의 환한 웃음을 잊을 수 없다. 술잔을 기울이며 비인간적 반복승무의 고충을 말하던 황식이형을 잊을 수 없다.

그 억울한 죽음들이, 다시는 이런 개 같은 죽음이 반복되지 않기 위해

조직이 필요하고 사상이 필요하고 민주적인 힘 있는 노동조합이 필요함을 일깨워줬다. 열차의 안전이 소중하고 그 안전을 지키기 위해선 철도에서 일하는 노동자의 안전이 보장되어야 한다는 단순한 진리를 확인시켜 줬다.

드디어 철도노동자가 울분을 토해내기 시작했다. 2002년을 시작으로 2003년, 2004년, 2005년, 2006년 해마다 철도노동자는 억울한 죽음들이 남긴 진리를 실천에 옮겼다. 그러나 억울한 죽음들의 삶 전체와 바꾼 진리는 아직도 저들에 의해 철저히 거부당하고 있다. 한발 또 한발 철도노동자는 진군하고 있는 듯한데 아직도 고지는 보이지 않는다.

저들은 열차의 안전보다는, 철도노동자의 생명보다는, 언제나 이윤이 우선이다. 돈이 먼저다. 그 논리가 철도노동자의 생명은 물론 나아가 대구지하철의 참사를 불렀지만 그때뿐. 저들의 탐욕스런 이윤추구의 욕구는 사라질 줄 모른다.

2007년 또다시 철도노동자는 투쟁에 나선다. 준비가 한창이다. 투쟁의 결과가 무엇일지 아무도 모른다. 그러나 분명한 건 철도노동자의 저항이 없다면 우리의 안전도 열차의 안전도 국민의 안전도 없다는 사실이다. 따라서 철도노동자의 투쟁이, 저항이 멈춰서는 안 된다. 멈추는 그 순간, 바로 그 순간 열차의 안전도 함께 멈추기 때문이다.

먼 하늘에서 우리를 지켜볼 먼저 간 죽음이 헛되지 않도록 철도노동자의 저항은 계속되어야만 한다. 그게 살아남은 우리의 몫이요 우리의 생명과 가족과 국민이 다 함께 사는 길이다.

화려한 휴가

조연호 ㅣ 서울시설관리지부

2000년 3월 7일, 백암으로의 여행이 나의 인생에 커다란 영향을 줄줄은 상상도 못했다. 서울에서 장장 8시간을 달려간 곳 저녁노을이 물드는 고개를 넘어서 바라다 본 백암은 평화로운 첩첩 산중의 두메산골이었다.

백암석류파크호텔에 들어서자 어깨가 넓은 사람들이 현관을 가로막고 호텔에 투숙하러온 손님들을 들여보내지 않고 있었다. 경찰도 아니고 호텔의 관계자도 아닌 수십 명의 사람들이 막아서고 있으니 미리 예약까지 하고 온천에서의 하룻밤을 즐기며 휴식을 취하기 위하여 온 사람들이 얼마나 황당했을까.

당시 백암석류파크호텔은 3중 간선제로 50년 동안 명맥을 이어온 철도노동조합 간선제 대의원들의 대의원대회 장소였다. 직선제를 요구하는 조합원들이 대의원대회를 참관하기 위하여 사비를 털어 비용을 만들어 연차휴가를 쓰면서 힘들게 찾아온 것이다. 조합원들은 조합비의 투명한 운영과 민

주적 규약개정, 대법원의 판결에 따라 무효가 된 3중 간선제를 폐지하고 직
선제로 위원장을 선출할 것을 요구했다.

　호텔로 들어가지 못한 손님들 그리고 대의원대회 참관을 요구하는 조합
원들의 항의가 빗발쳤지만 그들은 귀를 막고 있었다. 다급한 쪽은 호텔 측
사람들이었다. 그러나 경찰이 와도 그들은 철수하지 않았고 호텔 측은 손님
들에게 부랴부랴 다른 호텔을 소개할 수밖에 없었다. 경찰조차 통제하지 않
는 그들은 나중에 확인한 결과 한국노총에서 데리고 온 항운, 버스, 항만의
조합원들이었다고 한다.

　대의원대회 참관을 위하여 연가까지 쓰며 달려온 조합원들은 그냥 돌아
갈 수 없었다. 무슨 일이 있어도 대의원대회를 참관하여 제대로 된 대의원
대회가 열리는지 확인하고 싶었다. 소화기 분말을 뒤집어쓰고 그들이 던진

소화기에 머리가 터지고 소방호수로 물세례를 받았지만 경찰들은 지켜볼 뿐이었다. 오전 9시 철도노조 위원장이 투숙하고 있는 특실에서 대의원대회가 열렸다고 한다.

경찰의 보호 속에 빠져나가려던 위원장이 조합원들에게 발각되었다. 경찰은 위원장이 탄 승용차를 3중 4중 겹겹으로 에워쌌다. 한 조합원이 위원장이 탄 승용차 앞을 자신의 차로 막아섰다. 다급해진 경찰들은 승용차를 들어서 옮기며 진땀을 뺐다.

이렇게 우리는 밤을 새우고도 하루 종일 백암석류파크호텔을 뛰어다녔다. 그 누구도 힘들다고 앉아서 쉬는 사람이 없었다.

며칠 후 감사관이 내가 근무하는 사무소로 찾아왔다. 나는 당시 연가신청을 했고 승낙까지 받았다고 했지만 "대통령이 해외순방 중이었기 때문에 연가는 취소되었다."고 한다.

그렇게 감사는 일사천리로 진행되었다. 그리고 유배나 다름없는 비연고지로 전출을 보냈다. 나는 고향이 충청도 예산인 이유로 일가친척 하나 없는 강원도 동해보선 나한정선로반으로 전출을 갔다. 그리고 지방노동위원회에 부당하게 전출을 갔다고 진정을 했고 지노위에서는 부당전출이라고 판정을 내렸다. 그러나 중앙노동위원회는 철도청의 손을 들어주었다. 철도청은 옹색하게 대통령 해외순방이라는 호재를 만나 많은 사람들을 가족과 생이별 하게 하였다.

참으로 국가권력을 움직이는 사람들은 무섭다. 그들은 사소한 것까지 입맛에 맞지 않으면 자신들의 입맛에 맞추기 위하여 어떠한 양념까지도 넣

는다는 생각이 든다. 그리고 그 양념으로 만들어진 것이 어떻게 쓰여 질지
는 나중의 일일 것이다.

그들은 돌아온다

* 제4부는 철해투 회원이 아닌 분들의 글과 자료들로 엮었습니다.

올해에는 출근하는 모습을 보고 싶습니다

윤수중 ㅣ 천안기관차승무지부 유연상의 아내

당신하고 만난 지도 어언 30년이 지났군요!

당신하고 살아가면서 어렵고 힘들었던 일, 기쁜 일도 참 많았지요. 어느 부부나 우리와 같이 이런 삶을 사는 것이 인생이 아닌가 생각이 드네요.

여보!

지금 생각해 보니 어려운 환경을 극복하고 이겨낸 일들이 추억이 되었네요. 당신과 함께 가꾸어 가는 삶을 살면서 이곳 마곡리 시골집에서 농사일도 하고 우리 전통음식을 만들어 도움 받았던 이들에게 주기도 하고 팔기도 하는 생활이. 비록 몸은 힘들지만 재미도 있고 행복한 나날을 지내려고 합니다.

당신이 지부장에 출마한다고 했을 때 노동조합에 대하여 잘 알지도 못하고 반대만 하던 나를 설득하면서 시작했던 노동운동이라는 것이 지금 생각해 보니 참 큰 일들이었구나 하는 생각이 드네요.

그런 당신의 후원자가 되어 주지 못한 것이 부끄럽습니다. 노동조합이 무슨 일들을 하는지를 몰랐으니까요.

파업이라는 것을 할 때 한두 번 참석해 보면서 당신의 모습과 하시는 일들이 얼마나 조합원들에게 중요한 것인지를 깨달았지요. 파업 장소에 갔을 때, 비가 오고 조합원들이 군데군데 모여 술파티 하고 있을 때, 당신은 단상에 올라 마이크를 잡고 큰 소리로 외쳤습니다.

"우리는 하나다. 조합원 동지들이 사는 길은 뭉치는 것이다. 우리는 함께 뭉쳐 우리가 결정한대로 갑시다!" 하니 술 마시고 있던 조합원들이 비가 억수로 내리는 데도 단상 앞으로 모여드는 모습을 보면서 눈물이 나더군요.

내 남편이 자랑스럽고 존경스러웠지요. 그리고 우리 아들들이 아버지의 이런 모습을 보았으면 아버지를 자랑스럽게 생각했겠지요.

2003년 6월 27일 저녁에 작은 아들녀석을 데리고 고려대학교로 갔지요. 그때는 또 비가 무척이나 많이도 내리고 비가 올 것을 예상하지를 못했는지

조합원들은 우왕좌왕 하는 모습을 보이고 지도부를 맡은 지도자들의 힘들어 하는 모습들이 나를 안타깝게 하더군요.

당신을 잠깐 보고는 볼 수가 없었지요. 공권력의 침탈이 예상된다고 지도부는 바쁜 모습들을 보이고 당신의 모습은 보이지 않고 참 불안하기도 하고 걱정스럽기만 했답니다.

파업이 선언되고 이틀이 지나서야 민주노총에서 당신의 모습을 볼 수가 있었지요.

파업이 종료되고 당신이 경찰서 유치장에서 대전교도소로 이감될 때는 눈앞이 캄캄해서 앞이 보이지를 않더라고요.

처음 당하는 일이기 때문에 어떻게 감당해야 할지 막막했답니다.

교도소로 면회를 다니다가 나까지 교통사고를 당하고 당신에게는 이런 사실을 숨기고 … . 교도소 안에 있는 당신도 힘들었겠지만 밖에 있는 간부들 조합원들 참으로 고생들이 많았지요.

이러한 일들이 지금은 하나의 추억이 되어 버렸지만 아직까지도 복직을 하지 못하고 해고자 생활을 하는 당신과 철해투 회원들을 바라보는 옆지기의 심정은 가슴이 미어지기만 한답니다.

당신이 해고된 것은 정말로 나한테는 끔찍한 일이지요. 철도 30년 그 누구보다 더 성실하게 근무한 결과가 말입니다. 하지만 자신만을 위한 일이 아니고 조합원들의 일을 당신이 어깨에 지고 앞장서서 일 하시다가 당하는 고충이라 후회는 없답니다. 당신이 걸어왔던 노동운동이라는 것을 지금은 자랑스럽게 생각하고 자부심을 가지고 있답니다.

올해에는 원직복직(명예회복)을 하여 출근하는 모습을 보고 싶습니다.

출근하는 모습 볼 수 있겠지요. 기대를 해 본답니다. 이제는 무거운 짐을 어깨에서 내려놓으시고 남은 인생 사회에 봉사하면서 약한 사람들을 향한 우리 부부의 모습을 만들어 갑시다.

부자들은 가난한 사람들을 향해서, 배운 사람들은 못 배운 사람들을 향해서, 건강한 사람들은 병든 이들을 향해서, 있는 자들은 없는 자들을 향해서, 젊은이들은 노인들과 어린이들을 향해서, 신앙인들은 믿지 않는 사람들을 향해서 우리 부부 인생의 삶의 목적을 향한 발걸음이 힘차게 전진하는 날들만이 있기를 기원하면서 … .

영원히 당신만을 사랑합니다.

47. 그들은 누구인가

김명환 ┃ 구로열차승무지부

노무현 대통령이 철도노동자들 앞에 모습을 드러낸 것은 2001년 6월로 기억된다. 50년을 조합원 위에 군림하던 어용노조를 몰아내고 처음으로 조합원의 직접선거로 선출된 대의원들이 대의원대회를 하던 자리에 서서 당시 집권당 부총재였던 그는 축사를 했다.

그리고 2002년 말에 대통령 후보였던 그는 "철도 구조개혁과 관련한 민영화방안은 신중히 재검토 하겠다."는 공약으로 철도노동자의 열렬한 지지를 얻었다.

2003년 4월 20일 철도 노사가 "기존 민영화 방침을 철회하고, 향후 철도개혁은 철도노조 등 이해당사자와의 충분한 논의와 공청회 등 사회적 합의를 거쳐 추진한다."는 합의를 도출했을 때까지만 해도 노무현 대통령은 철도노동자의 '친구'였다.

노무현 정부는 4월 20일의 합의를 무시하고 '철도 구조개혁 관련 법안' 입법을 강행했다. 법안이 국회를 통과하던 6월 30일까지 철도노동자들은 끝없이 대화를 요구했고, 총파업을 벌이면서까지 대화를 요구했지만 끝내 외면당했다.

노무현 정부는 철도노동자 8천여 명을 징계했다. "'사회적 합의'를 거치기로 약속했다."는 철도노동자의 항의에 "국회를 통과했으면 '사회적 합의'를 거친 것"이라고 주장했다.

몇 달 후, '대통령 탄핵안'이 국회를 통과했을 때, 대다수의 철도노동자들은 "국회를 통과했으면 '사회적 합의'를 거친 것"이라고 생각하지 않았다. 정부도 "국회를 통과했으면 '사회적 합의'를 거친 것"이라고 주장하지 않았다. 정부가 틀릴 수도 있고, 국회가 틀릴 수도 있다는 것을 많은 사람들이 알고 있다.

지금 철도 해고동지 47인의 이야기를 하며 노무현 대통령 이야기를 하는 것은 그들의 복직을 철도 노사가 논의할 때마다 '청와대'가 언급되기 때문이다. "철도 노사가 복직에 관한 진전된 안을 내어도 '청와대'의 벽에 막힌다."는 이야기 때문이다. "참여정부 처음으로 정부에 대든 괘씸죄"가 근원이라는 그 이야기가 사실이라면 '청와대'는 『47, 그들이 온다』를 읽을 필요가 있다. '청와대'가 철도노동자들에게, 철도가족에게 무슨 짓을 저질렀는지 알아야 할 필요가 있다. 그 '잔인한 짓'에도 불구하고 철도노동자들이 얼마나 넉넉하게 역경을 딛고 일어서고 있는지를.

2003년 6월 28일부터 7월 1일까지 철도노동자들은 '철도 구조개혁 관련 법안' 입법 강행에 반대하는 전면총파업을 벌였다. 2003년 4월 20일의 합의를 지키라는 요구였다. 그 '법안' 속에 들어 있는 '철도 상업화'에 철도노동자들은 반대했다. 철도노동자들은 혼신을 다해 투쟁했지만 철도의 '시설과 운영'은 분리되었다. 하지만 그 투쟁으로 분리될 '시설부문'으로 위탁 될 뻔했던 7천여 명의 유지보수부문 노동자들은 '운영부문'에 남게 되었다.

'6·28은 8천 명이 징계를 당하며 7천 명을 구한 아름다운 투쟁'이다. 그 아름다운 투쟁에도 불구하고 철도노동자들은 '공무원신분'을 잃었다. 노후급여인 '공무원연금수급권'도 20년으로 제한됐다. 그리고 시장맹신주의자들이 입이 닳도록 주장하는 '상시적 구조조정체제'가 구축됐다.

47인은 그 아름다운, 하지만 처절한, 그리고 뼈아픈 투쟁에 앞장섰던, 그래서 지금도 현장에 돌아오지 못하고 있는 철도노동자들이다.

47, 그들은 돌아온다

이한주 | 병점열차승무지부

마침 6월은 호국보훈의 달이다.

나라가 위기에 처했을 때 나라를 구하기 위해 몸을 아끼지 않은 분들을 기리는 것은 제대로 된 나라의 당연한 도리이다. 그럴 때만이 이후 또 다른 어려움에 처 했을 때 또 다른 누군가의 열정과 헌신과 희생을 요구할 수 있기 때문이다.

철도는 어떠한가?

철도의 근간이 흔들릴 때 철도의 중심을 바로 잡아준 이들을 기억하고 그들에 대한 적절한 보답과 합당한 예우를 갖추고 있는가. 철도의 존재 이유라 할 수 있는 철도의 공공성이 뿌리 채 뽑힐 위험에 처했을 때 공공철도 사수를 위해 기꺼이 자기 한 몸을 희생한 이들을 철도는 기억하고 있는가. 부끄럽게도 철도는 충분한 격려와 위로는커녕 그들을 교도소로 길거리로 내몰았다. 그들을 교도소로 길거리로 내몬 자들은 정작 생뚱맞은 유전비리로 줄줄이 철도의 명예에 먹칠을 한 자들이다.

비리를 저지른 자들이 철도의 정체성을 지키고자 앞장선 철도 유공자를 거리로 내몬 꼴이 되어버린 이 황당한 시츄에이션, 비단 4년 전만의 일인가.

철도는 지금 반듯하게 달리고 있는가.

비정규직 해소에 앞장서겠다는 정부의 방침에 아랑곳하지 않고 비정규직 양산에 앞장서고 있는 철도는 4년이 지난 지금도 여전히 그들의 빈자리만큼 거꾸로 가고 있다.

유전사업에 이어달리기를 하듯 충분한 검토와 타당성 분석 없이 용산에 최첨단 빌딩을 짓겠다는 식의 청사진은 번지르르한 겉모습과는 달리 부실하게 운영되고 있는 민자역사와 닮았다.

고객의 안전을 책임지는 현장의 제 직원들을 끊임없이 불안에 떨게 하면서 고객의 안전을 책임지겠다는 철도는 늘 위태위태하다. 보여주기식 일회적인 이벤트에 빠져 진정성을 싣지 않고 달리는 철도가 위험하다.

철도가 위험에 처했을 때 철도를 구하기 위해 기꺼이 제 몸을 희생한 이들을 우리는 기억하고 있다. 7·26, 6·23, 2·25, 6·28, 3·1 …. 철도의 역사를 새롭게 쓴 날들을 이끈 이들. 꽁꽁 얼어붙은 철길 위에 제 몸을 녹여 따뜻한 봄기운을 불어넣어 주었던 개나리 진달래, 그들을 우리는 잊지 않고 있다.

노동자들의 흘린 땀만큼 정직하게 달리는 철도이기에 그들의 열정과 헌신과 희생을 기억하는 철길이 먼저 그들을 부른다.

할 말을 쌓아놓고도 쭈빗쭈빗 망설일 때 성큼성큼 다가와 확성기가 되어준 사람, 내 목소리가 이렇게 아름답고 힘차구나 스스로 느낄 수 있게 도와주었던 47인, 이제 그들의 격려에 힘입어 다시 찾은 내 목소리로 그들을 부른다.

김갑수, 김갑수, 김귀현, 김상노, 김상현, 김숭식, 김영준, 김용덕, 김용식,
김운수, 남기명, 문홍관, 박인철, 박인호, 박해철, 박형윤, 배영대, 백광엽,
백남희, 서재열, 송병경, 송종건, 양원표, 유기천, 유병국, 유연상, 이명규,
이승호, 이종렬, 임병언, 전상운, 전평호, 정용진, 정재하, 조상수, 조세광,
조연호, 지영근, 진중화, 천환규, 최상규, 최승우, 한래근, 한태경, 홍덕표,
홍선표, 황효열

47, 그들은 돌아온다.

4 · 20에서 6 · 28까지

2002년 2월 25일 발전, 가스노조와 함께한 총파업 이후에도 여전히 철도노동자는 철도민영화 철회라는 과제를 안고 있었다. 2 · 25 파업 당시 철도노사는 '철도의 공공적 발전을 위해 상호 노력한다.'고 합의한 바 있었다.

또한 '3조 2교대로의 근무형태 변경, 노동조건 개선, 주휴일 보장, 해고자 복직' 등 주요합의 이행은 철저히 외면되고 있었다.

2003년 정국은 대선이 막 끝나고 노무현 정부가 닻을 올린 상황. 철도노조는 정기단체교섭을 통해 합의이행을 위한 정면돌파를 시도했다. 교섭이 늘어지면서 무단협의 상황을 맞았지만 '인력충원과 해고자 복지, 손해배상 철회' 등 주요 요구안에 대한 이견은 좁혀지지 않았다.

4월 19일 철도노동자는 전국 5개 지역에 모여 총파업 전야제를 열었다. 그리고 4월 20일 파업돌입직전인 새벽 4시경에 노사합의안을 만들어 냈다. 4월 20일 노사합의에는 '인력충원과 1인승무 철회, 철도민영화의 철회, 해고자 복직' 등 당시로서는 매우 진전된 안을 담았다. 그러나 그 합의가 파기되기까지는 채 두 달도 걸리지 않았다.

4 · 20 합의 이후 철도노조는 5월 정기대의원 대회를 통해 9월 '정기국회에 공공철도 개혁법안을 제출한다.'는 입장을 정리했다. 그러나 노무현 정부는 4 · 20 노정합의에도 불구하고 일방적인 철도공사화 입법을 추진했다. 정부는 의원입법이라는 편법을 동원하여 일정을 서둘렀다. 철도노조는 "조합원 요구안의 수립 절차가 필요하다."며 일방적 입법추진의 중단을 요청했지만 정부의 입장은 단호했다. 결국 여당 이호웅 의원이 철도구조개혁 관련 법안을 입법발의하고 여야가 법안처리에 합의하면서 4 · 20 노정합의는 휴지조각이 되었다.

철도노조는 긴급 논의를 통해 6월 28일 총파업을 결정했다.

6월 28일 04시. 전국 5개 지역에 모인 1만 5천여 명의 철도노동자들이 총파업에 들어갔다. 파업이 선언되자마자 정부는 기다렸다는 듯이 어둠이 깔린 농성장에 공권력을 투입했다. 그리고 군사작전을 방불케 하는 강제진압을 통해 무차별 연행에 나섰다. 정부의 폭압적 공권력에 맞서 끝까지 파업을 사수한 조합원은 1만여 명에 이른다.

철도노조는 산개투쟁으로 전환해 파업을 계속했다. 그리고 30일 철도구조개혁 관련 2개 법안이 국회를 통과하자 7월 1일 파업참여 조합원의 총투표 결과에 따라 현장으로 복귀했다.

철도노조는 6 · 28 파업을 통해 '4월 20일 노정합의 준수와 적자선 폐지 중단 및 고속철도 건설부채의 정부인수'를 요구했다. 그리고 당시 노조의 요구는 불과 3년도 안 되어 그 정당성이 증명되고 있다. 공사 사장으로 취임한 이철 사장이 처음 한 일은 기자회견을 열어 고속철도 건설부채의 정부인수를 촉구하는 것이었다. 그리고 노무현 정부도 임기 마지막의 중요한 일로 철도부채의 해결을 밝힌 바 있다. 특히 서울지법과 서울고법은 철도청이 제기한 손해배상청구심에서 "철도파업의 책임 중 60%가 정부에 있다."고 판결했다. 법원까지 나서 파업의 책임이 정부에 있음을 분명히 한 것이다. 파업을 하면서까지 주장했던 노조의 요구가 불과 3년 만에 탄압의 주역에 의해 인정되는 아이러니를 철도노동자는 경험하고 있다. 철도노동자의 주장은 언제나 옳았다. 그리고 그 올바름이 탄압의 주역에 의해 스스로 증명되기까지 오랜 세월이 걸리지는 않았다.

철도노동자는 열차의 안전과 철도의 공공성, 국민이 값 싸고 편하게 이용할 수 있는 철도의 건설을 위해 노력해 왔다. 그 결과 구속과 징계, 해고를 당하기도 했지만 그 주장만은 언제나 옳았다.

벌써 4년이 흘렀다. 그러나 철도를 개인기업화 하고 철도를 이용해 이윤을 추구하려는 저들의 공세는 지칠 줄을 모른다. 따라서 공공철도를 지키기 위한 철도노동자의 저항은 계속되어야만 한다. 그 저항이 멈추는 순간 공공철도도, 열차의 안전도 모두 멈추기 때문이다.

철도해고자원직복직투쟁위원회

김갑수/청량리차량, 김갑수/일산열차, 김귀현/서울기관차, 김상노/서울관리역, 김상현/서울기관차, 김숭식/서울정비창, 김용식/서울관리역, 김영준/영등포관리역, 김용덕/서울차량, 김운수/구로열차, 남기명/대전기관차, 문홍관/분당차량, 박인철/광주차량, 박인호/청량리기관차, 박해철/서울정비창, 박형윤/서울정비창,

배영대/제천차량, 백광엽/분당차량, 백남희/서울열차, 서재열/제천시설,

송병경/영주기관차, 송종건/청량리열차, 양원표/대전정비창, 유기천/구로열차,

유병국/부산기관차, 유연상/천안기관차, 이명규/서울관리역, 이승호/서울차량,

이종렬/청량리시설, 임병언/천안전기, 전상운/대전정비창, 전평호/철도매점,

정용진/수색차량, 조상수/청량리지구전기, 조세광/서울시설, 조연호/서울시설,

정재하/서울기관차, 지영근/구로승무, 진중화/광주차량, 최상규/대전차량,

최승우/서울열차, 천환규/부산기관차, 한래근/서울열차, 한태경/서울기관차,

홍덕표/용산차량, 홍선표/서울열차, 황효열/수원시설

철도 노사 합의서

철도청과 전국철도노동조합은 철도산업의 발전을 위해 노사가 공동 노력하고 고속철도운영준비와 철도개혁의 성공적 추진을 위하여 주요 현안사항에 대해 다음과 같이 합의한다.

1. 기관사 1인 승무 철회 및 인력충원 관련
○ 열차 안전운행을 위하여 기관사 1인 승무는 시행하지 않는다.
○ 고속철도 개통준비, 수원~병점간 개통 등에 필요한 인력을 충원하다.

2. 해고자 복직 관련
○ 해고자중 '법률 및 관계규정상 임용에 결격사유가 없는 45명'에 대해서는, 본인이 원하는 경우에는 7월말까지 신규 채용한다.
○ 철도노사는 노사합의에 의한 복직자의 원상회복을 위해 최대한 노력한다.

3. 가압류, 손해배상 철회 관련

○ 조합비, 조합재산 및 개인급여에 대한 가압류는 적절한 절차를 거쳐 취하한다.

○ 손해배상 청구소송은 적절한 절차를 거쳐 취하하고, 추가 손해배상 청구를 하지 않는다.

4. 철도개혁 및 공공철도 건설 관련

○ 철도개혁은 철도산업 발전 및 공공성 강화, 국민에 대한 보편적 서비스 향상에 주안점을 둔다.

○ 철도개혁은 다음과 같은 방향으로 추진한다.

- 철도의 공공성을 감안하여 기존 민영화 방침을 철회하고 대안을 모색한다.

- 시설과 운영의 분리방안과 관련하여 열차안전에 밀접한 관련이 있는 유지보수 기능 등은 운영부문과 통합하는 등의 대안을 모색한다.

○ 향후 철도개혁은 철도노조 등 이해당사자와의 충분한 논의와 공청회 등 사회적 합의를 거쳐 추진하고, 이러한 절차를 거쳐 관련법안이 성안될 경우 조속한 시기에 국회 통과를 위해 철도노사가 공동으로 노력한다.

철도노조 요구안

1) 날치기 철도구조개혁법안 입법 중단과 7~8월 노정협상과 사회적 합의를 통한 철도개혁법 입법

- 4 · 20 노정합의를 부정하는 일방적인 입법 중단
- 철도노조 등 이해당사자와의 충분한 논의, 공청회 등 사회적 합의를 반영하여 새로운 철도개혁법 입법

2) 4 · 20 노정합의 파기 책임자 처벌

- 철도개혁은 노정 간의 신뢰를 바탕으로 이뤄져야 함. 그러나 일방적으로 4 · 20 노정합의를 파기하여 대립을 조장하고 철도개혁을 가로막은 책임자 처벌

3) 4 · 20 노정합의에 의한 공공철도로의 개혁 추진

(1) 공공서비스 국가부담(PSO) 원칙과 적자노선 폐지 시 주민동의

- 적자노선의 공공성이 인정될 경우 정부 책임 명시
- 적자노선 폐지에 대한 주민 동의 절차 명시

(2) 특별법 적용과 운영체제 개혁

- 공기업의 관료주의와 획일적인 정부통제를 벗어나는 운영체제의 개혁이 필요함.
- 철도서비스 생산자 대표인 철도노조와 철도서비스 이용자를 대표하는 시민단체 등이 이사회에 참여하는 공공철도이사회 도입

(3) 고속철도 건설부채 정부인수

- 철도시설은 국가소유이므로 고속철도건설부채는 정부가 인수해야 함. 단 차량 등 운영관련 부채는 공사가 담당함
- 고속철도 건설부채 공단 이관 시 시설사용료를 통해 공사로 전가되어 철도차량과 서비스 향상을 위한 투자가 어렵고 철도요금 인상이 불가피 함.

(4) 개량과 운영의 통합

- 열차안전과 밀접한 연관을 가지며, 분리할 경우 열차안전에 위협이 되는

개량부문을 운영부문과 통합

4) 철도노동자 연금 및 퇴직금 불이익 방지와 동종업체 수준의 노동조건 보장

- 철도직원들의 퇴직급여 처리에 심각한 문제점이 있다는 사실을 대해 인정하고 '철도노조가 특혜를 요구한 것처럼 왜곡 선전한 것'에 대해 사과할 것.
- 철도직원들의 퇴직급여에 대한 구체적인 불이익 산출 자료 제시
- 퇴직급여의 불이익 방지를 위한 구체적인 방안 제시
- 장시간 노동의 철폐와 동종업종 수준의 근무조건 및 임금 보장
- 변형없는 3조 2교대 도입(노동시간 단축에 대한 2·27 합의 이행)
- 동종업종 수준의 승무시간 단축(휴일보장에 대한 2·27, 4·20 합의 이행)
- 기타 2·27 합의와 4·20 합의의 성실한 이행

우리는 이미 승리하고 있습니다!

진실로 사랑하고 존경하는 조합원 동지 여러분!

지금 이 감정을 어떻게 표현해야 좋을지 모르겠습니다. 저는 지금 너무 가슴이 벅찹니다. 중앙쟁대위의 투쟁명령에 따라 일사분란하게 집결해 주신 여러분께 감사드립니다. 그리고 04시 파업명령을 기다리고 있는 조합원 동지 여러분께도 감사의 말씀을 올립니다. 또한 가정에서 빛나는 새벽을 기다리고 있는 가족에게도 고맙다는 말씀을 올립니다.

우리는 지금 '4·20 노정합의'를 파기한 정부에 맞서 '100년 철도'를 지키기 위한 대장정에 돌입하는 순간을 기다리며 '운명의 밤'을 보내고 있습니다. 3만 철도노동자와 10만 가족은 오늘밤을 평생 잊지 못할 것입니다. 정부가 망가뜨리려 하는 철도를 지키기 위해 우리 10만 철도 가족이 혼연일체가 되어 '아름다운 저항'을 하고 있는 것입니다.

역사는 오늘밤을 빛나는 '저항의 밤'으로 기록할 것입니다. 저는 마지막 순간까지 여러분과 함께, 10만 철도 가족과 함께, 100년 철도와 함께 운명을 같이 할 것입니다.

조합원 동지 여러분, 우리는 이미 승리하고 있습니다!

2003년 6월 28일

전국철도노동조합 중앙쟁의대책위원회 위원장 천환규

철도노동자 총파업선언

오늘 우리는 철도노동자들이 총파업에 돌입했음을 온 국민 앞에 당당히 선언한다.

이제 우리나라에서 열차는 달리지 않는다. 우리는 철도노동자의 분신과도 같았던 열차를 세우고 공공철도, 국민철도를 건설하기 위한 투쟁을 시작한다.

무엇과도 바꿀 수 없는 4 · 20 노정합의서를 보고 3만 철도인들은 얼마나 기뻐했던가!

이제야말로 제대로 된 철도개혁이 되겠노라고 2만 5천 철도노동자는 철석같이 믿었었다.

하지만 지긋지긋한 철도사유화 정책을 철회시키고 국민의 발이 되는 공공철도를 건설하겠노라고 다짐했던 우리의 염원은, 간절한 호소는 끝내 외면당했다.

　4·20 노정합의를 파기하고 졸속적이고 기형적인 법안처리를 강행한 정부가 오히려 노동자들의 도덕성을 비난하고, 전 국민의 보편적인 이동권을 보장하고 안전하고 값싼 철도를 이용하게 하자는 우리의 주장을 집단이기주의로 매도하고 있다.

　철도공무원을 천직으로 여기며 24시간 맞교대 근무와 365일 단 하루의 휴일도 없이 살인적 노동조건에 온몸을 내던진 우리에게 정부는 철도가 부실덩어리라며, 국민들의 혈세를 축내는 부도덕한 집단이라고 매도하고 있다. 해마다 30여명의 동료들을 철길에 묻으면서도 하루도 쉬지 않고 달려온 우리들은 오늘 스스로 열차를 멈춰 세상을 멈추고자 한다.

　3만 철도노동자들과 10만 철도가족들과 7천만 국민의 철도를 위해 세상을 멈춘다.

　오늘 우리의 총파업은 남과 북을 연결하고, 만주를 내달리고, 유럽까지 질주할 국민의 철도·공공의 철도를 건설하기 위한 역사적 투쟁이다.

　열차를 이용하는 시민들의 안전을 지키고 철도노동자의 목숨을 지키기 위한 적극적인 몸부림이다. 고속철도 시대에 값싸고 편리한 대중교통을 국민에게 되돌리기 위한, 국민의 이동권을 사수하기 위한 치열한 투쟁이다.

　지금 이 순간부터 우리는 정부가, 4·20 노정합의를 지키고, 열차안전을 철도개혁의 최우선 목표로 삼고, 철도의 주인이 7천만 국민임을 인정할 때까지, 우리의 투쟁을 멈추지 않을 것이다. 우리의 투쟁은, 철도노동자의 생존권을 지키고, 국민의 철도·공공의 철도를 지키기 위한 총파업투쟁은, 그 목표가 완전히 관철될 때까지 멈추지 않을 것이다.

　우리는 반드시 승리한다.

　철도의 주인이자 역사의 주인인 철도노동자여!

직종과 지역을 초월하여 총 단결하라! 희망찬 철도의 미래를 위해 힘차게 전진하자!!

2003년 6월 28일
전국철도노동조합 중앙쟁의대책위원회

철도해고자원직복직투쟁위원회 투쟁일지

2002. 2. 25.　철도, 발전, 가스노조 연대 총파업

2002. 11. 6.　조합원 총투표로 상급단체 변경(한국노총 탈퇴, 민주노총 가입) 결정

2002. 12. 5~6.　철도노조 수색지구, '안전운행실천' 투쟁

2003. 2. 10.　민주노총 가입

2003. 2. 17~19.　쟁의행위 찬반투표 가결

2003. 2. 21~24.　전국안전운행투쟁

2003. 3. 3.　김세호 철도청장 취임

2003. 3. 17.　전 조합원 투쟁복 착용

2003. 4. 4.　지방본부별 총파업 결의대회(서울/부산/대전/영주/순천)

2003. 4. 14.　전 조합원 사복근무, 철야농성 돌입

2003. 4. 19.　전 조합원 전국 5개 파업거점으로 이동

2003. 4. 20.　의견 접근에 따른 파업 유보/ 철도청장 합의 서명 거부/ 철도노조 조합원 비상대기 명령/ 10시30분 철도노사 합의/ 철도노조 파업 철회

2003. 6. 2.　이호웅 의원 철도구조개혁 법안 입법 공청회

2003. 6. 9.　이호웅 의원 입법 발의

2003. 6. 10.　철도노조 전국 지부장 국회 앞 철야 노숙 투쟁

2003. 6. 10.　여야 간사합의로 철도구조개혁 관련법을 상정하기로 합의

2003. 6. 14.　철도노조 긴급 의장단 회의

2003. 6. 15.　철도노조 건교부 면담에서 법안 처리 일정 연기 요구. 건교부 거부

2003. 6. 16.　철도노조 전 조직 쟁대위로 전환

2003. 6. 16.　철도노조 합의 파기 및 졸속입법 저지를 위한 총력 결의대회

2003. 6. 20.　철도노조 전 조합원 투쟁복 착용

2003. 6. 23.　철도노조 지방본부별 파업투쟁 결의대회

2003. 6. 28.　철도노조 총파업

2003. 6. 28.　오전 6시 전국 5개 지역 파업농성장에 공권력 투입. 철도노조 산개투쟁 돌입

2003. 6. 30.　철도관련 2개 법안 국회 본회의 통과

2003. 7. 1.　철도노조 파업 참여 조합원 총투표/ 파업 철회 및 복귀
　　　　　　　철도청 8,628명 징계, 79명 해고, 16명 구속
2004. 6. 28.　철도해고자원직복직투쟁위원회 출범
2004. 9. 10.　전국 자전거 순회투쟁 시작(13박 14일)
2004. 10. 19.　서울역 광장 천막농성 돌입(이후 100일간 진행)
2004. 12. 3.　철도노사 특단협 합의/ 파업 철회
2004. 12. 29.　서울역 대합실 철야농성투쟁(63일간 진행)
2005. 1. 1.　철도공사 출범
2005. 7. 11~25.　청사 앞 1인시위 및 농성투쟁
2005. 11. 3~2006. 2. 10.　대전청사 농성투쟁
2006. 2. 24~28.　서울 용산차량 지붕 점거투쟁
2006. 3. 1.　철도노조 총파업
2006. 11. 6.　17개 철도공사 지사 방문 투쟁
2006. 11. 23~30.　철도공사 서울사옥 앞 단식투쟁
2007. 7.　전국 도보 순회투쟁(부산에서 서울까지 총 40일)

47, 우리가 간다

그동안 철도 해고자는 많은 투쟁을 해 왔다. 전국 자전거 순회, 서울역 농성, 대전청사 농성, 17개 지사 전국순회 노숙투쟁, 단식, 삭발, 용산 차고지 점거 … 등 할 수 있는 모든 것을 해봤고 그 속에서 많은 동지들이 복직하였다. 이제 합의이행과 일방적 구조조정 저지를 요구하며 투쟁했던 2003년 6·28 해고자 47명만이 남았다.

올해 그 47명이 또다시 투쟁에 나선다. 기차가 달리는 선로를 따라 부산에서부터 서울까지 순회 및 도보행군을 준비하고 있다.

7월, 8월 무더운 땡볕과 장대비 속에서도 우리는 원직복직의 염원을 안고 현장으로 들어가 조합원 동지들과 함께할 것이다. 복직했지만 신규입사한 복직자들의 원상회복을 위해 투쟁을 조직할 것이다. 너무나 자랑스런 철도노동자의 깃발을 치켜들고 현장투쟁을 승리로 만들어 당당하고 힘차게 현장으로 돌아갈 것이다.

47명의 전국순회투쟁에 앞서 문집을 펴낸다. 철해투 회원들이 글을 쓰고 서울열차 권오석, 대전정비창 최정희, 노동만화네트워크 최정규, 도단이 동지가 삽화를 그렸다. 도서출판 갈무리 동지들이 편집과 제작을 맡았다. 『47, 우리가 간다』라는 제목이 『47, 그들이 온다』로 바뀌었지만 진실로 사랑하고 존경하는 2만 5천 철도노조 조합원 동지들에게 부끄러운 우리의 삶을 보여주는 것이 목적이다. 그리고 글이 아니라 얼굴을, 온몸을 보여주려 이제 우리가 간다.

2007년 6월
철도해고자원직복직투쟁위원회 대표 김갑수